Kontaktadresse nach EU-Produktsicherheitsverordnung:
produktsicherheit@fischerverlage.de

Geboren wurde er in Prag, mit zehn Jahren kam er nach Deutschland, mit siebzehn fing er an zu studieren – sich selbst und die Deutschen, ihre Bücher, ihre Frauen, ihre Fehler. Wie ein Roman erzählt Maxim Billers autobiographisches Buch die tragikomische Geschichte eines Juden, der in einem Land Schriftsteller wird, in dem es keine Juden mehr hatte geben sollen.
Billers erster Roman wird mitsamt seinem Verfasser bei einem Anschlag fast in tausend Stücke gerissen und erscheint zum Glück trotzdem nie. Bei der Zeitschrift ›Tempo‹ erfindet man die Kolumne »100 Zeilen Hass« für ihn, und in Israel muss er erkennen, dass man als Jude noch nicht einmal unter Juden glücklich wird.
Mit diesem Buch kommen die 80er Jahre zurück: München mit dem Schumann's und dem Eisbach im Englischen Garten, Frankfurt, wo Rainer Werner Fassbinders Stück »Der Müll, die Stadt und der Tod« aufgeführt wird, Hamburg, wo Maxim Biller für die ›Zeit‹ arbeitet. Leichthändig geschrieben, selbstironisch und spöttisch, ist dieses Buch weit mehr als das Selbstporträt eines Künstlers: es ist die immer neue Geschichte desjenigen, der seinen Platz in der Welt zu finden und sich selbst auf die Spur zu kommen versucht.

Maxim Biller, geboren 1960 in Prag, lebt seit 1970 in Deutschland. Er ist Autor der Romane »Ezra« und »Die Tochter«, der Erzählbände »Liebe heute«, »Bernsteintage«, »Land der Väter und Verräter« und »Wenn ich einmal reich und tot bin« sowie der Essaybände »Die Tempojahre« und »Deutschbuch«; darüber hinaus schreibt er Kinderbücher, Theaterstücke und Kolumnen.

Unsere Adresse im Internet: www.fischerverlage.de

Maxim Biller

DER GEBRAUCHTE JUDE

Selbstporträt

Fischer Taschenbuch Verlag

2. Auflage

2024 S. Fischer Verlag GmbH,
Hedderichstr. 114, 60596 Frankfurt am Main

Lizenzausgabe mit freundlicher Genehmigung
des Verlags Kiepenheuer & Witsch, Köln

Printed in Germany
ISBN 978-3-596-17261-0

»Ich suchte nicht nach Geld oder Liebe.«

Bob Dylan, Chronicles

Für Helge Malchow

1

Im Sommersemester 1982 ging ich lieber in den Englischen Garten als ins Thomas-Mann-Seminar. Ich stand spät auf, duschte und fuhr mit dem Fahrrad zum Eisbach. Die anderen waren schon da. Wir hörten auf dem Walkman Heaven 17, redeten über den letzten, unvollendeten Roman von F. Scott Fitzgerald, und die Schweißtropfen auf den Armen der Mädchen trockneten schnell in der Sonne. Am Nachmittag setzte ich mich zu Hause an den Schreibtisch, schloss die Fenster, die mit Zeitungspapier abgeklebt waren, und schrieb ein paar Seiten. Drei Monate später war ich fertig, zweihundert Seiten, mein erster Roman. Ich nahm ihn mit nach Israel, damit meine Schwester ihn lesen konnte, und als am Münchener Flughafen zwanzig Meter von mir entfernt eine Kofferbombe explodierte, schützte ich das Manuskript mit meinem Körper. Meine Schwester las den Roman erst kurz bevor ich wegfuhr. Sie sagte: »Ich dachte, Thomas Mann ist schon tot. Und überhaupt finde ich, er ist kein gutes Vorbild.«

Eines der Mädchen vom Eisbach war die Tochter von Joachim Kaiser, der als Literaturkritiker genauso wichtig war wie Marcel Reich-Ranicki. Ein anderes Mädchen war die Tochter von George Moorse, dem jüdischen Dichter und Filmregisseur aus Brooklyn, der 1971 *Lenz* gedreht hatte, einen traurigen, hektischen Film mit viel tränenloser Stille am Ende. Es waren auch die zwei Töchter des Galeristen Heiner Friedrich da, der eines Tages nach New York ging, um als tanzender Sufi-Derwisch alle Erinnerung an Deutschland loszuwerden. Und eine Weile lang kam Laure, die asymmetrisch schöne Schweizer Bankierstochter mit den Unfallnarben auf dem langen, bronzebraunen Rücken, die ich in der Germanistencafeteria in der Schellingstraße unhöflich grinsend angesprochen hatte – und die zu meinem Erstaunen vor mir nicht weggelaufen war.

Was sah Laure in mir? Wahrscheinlich dasselbe wie die anderen. Die Friedrichmädchen fanden mich extrem süß, wie sie sagten, weil ich genauso sei wie Woody Allen. Das verstand ich nicht. Ich war groß, schlank, spielte Fußball und verwandelte nicht jedes Gespräch in einen komischen Filmdialog. Und dass man mich extrem süß finden könnte, hätte ich vorher auch nie gedacht. Mit Kiki, der lieblosen Tochter von George Moorse, war ich drei kurze Monate zusammen. Wir waren meist bei ihr, ihrer Mutter und ihrem Bruder in der Römerstraße in Schwabing, und die drei waren immer so glücklich, aber auch traurig in meiner Gegenwart, als wäre ich nicht ich – sondern ihr jüdisch-amerikanischer Vater und Mann, der schon lange nicht mehr in der Römerstraße lebte.

Nachdem Kiki mit mir und ich mit Laure Schluss gemacht hatte und die Friedrichmädchen zu ihrem Vater nach New York gezogen waren, sah ich nur noch Henriette. Wir waren Freunde, oder fast, und sie erzählte bald ihrem berühmten Vater von mir. Was hat sie ihm über mich gesagt? »Papa, ich kenne einen Jungen, der kommt aus Prag, und seine Eltern kommen aus Russland, und er sagt, er will den Nobelpreis für Literatur.«

Oder vielleicht: »Am Eisbach ist dieser Junge mit den schwarzen Locken, der spricht genauso schnell wie du.« Oder: »Willst du mal was von einem Freund von mir lesen, Papa? Ich kenne seine Sachen nicht, aber er ist Jude.« Etwas in der Art wird es gewesen sein. Warum sonst sagte Henriette eines Tages zu mir, ihr Vater wolle meinen Roman lesen. Meinen Roman? Joachim Kaiser? Warum nichts von Böll oder Handke? Warum nicht ein wiederentdecktes Manuskript von James Joyce?

2

Anfang der achtziger Jahre gab es in Deutschland zwei Arten von Juden. Die Juden, die nicht mehr lebten, die nach Palästina und Amerika geflohen waren, die in den Lexika standen. Und Juden, die noch da waren, wenige unsichtbare Geschäftsleute, Ärzte und deren Kinder, die jedes Jahr am 9. November kurz im Fernsehen erschienen, als kleine, dunkle Menschengruppe vor einer riesigen Menora oder einer dramatisch hoch aufgehängten Schiefertafel mit kaum lesbaren hebräischen Buchstaben. Es regnete und war windig, und sie hielten sich an ihren Regenschirmen fest, und dann wurden sie weggeweht und tauchten erst am nächsten 9. November für dreißig Sekunden wieder in den Nachrichten auf.

Jemand wie ich war in Deutschland nicht vorgesehen. Wenn man mich fragte, was ich bin, sagte ich: »Ich bin

Jude.« Ich sagte es, weil es so war, und es wunderte mich, dass es die anderen verwirrte. Das merkte ich daran, dass sie sofort das Thema wechselten, gerührt lächelten oder leise erwiderten: »Ach so.« Es störte sie nicht, manche interessierte es sogar. Und es war nie ein Hindernis für eine Freundschaft zwischen ihnen und mir, dem Besucher aus einer Zeit, die im Januar 1933 auf Wunsch von 33 Prozent der Deutschen zu Ende gegangen war.

Dass ich Jude und nichts als Jude war, hatte ich zu Hause gelernt, von einem russischen Vater, der als Jugendlicher an Lenin wie an einen Gott geglaubt hatte. Dann warfen ihn Stalins Leute 1949 aus der Partei – weil er Jude war –, und das Judesein wurde zu seiner Religion, was es vorher nie war, aber ohne Gebetsschal und Synagoge. Einiges davon ist auf mich übergegangen: Ich bin Jude und nichts als Jude, weil ich wie alle Juden nur an mich selbst glaube, und ich habe nicht einmal Gott, auf den ich wütend sein könnte. Ich bin Jude, weil fast alle in meiner Familie vor mir Juden waren. Ich bin Jude, weil ich kein Russe, Tscheche oder Deutscher sein will. Ich bin Jude, weil ich schon als Zwanzigjähriger jüdische Witze erzählte, weil ich mehr Angst vor einer Erkältung habe als vor einem Krieg und Sex für wichtiger halte als Literatur. Ich bin Jude, weil ich eines Tages merkte, wie sehr es mir gefällt, die anderen damit zu verwirren, dass ich Jude bin. So falsch lagen die Friedrichmädchen also gar nicht.

3

Ich weiß nicht, welches Buch der berühmte Joachim Kaiser von mir erwartete, als er die erste Seite meines Romans aufschlug. Es kam aber kein einziger Jude darin vor. Da war ein junger Mann, der sich entscheiden muss, ob er Schriftsteller sein will oder nicht, da war eine junge Frau, die so schön ist, dass er ihretwegen fast die Kunst verrät, und da war ein hysterisches, schnelles, kunstsinniges München, das es so nie gab.

Nach ein paar Wochen hörte ich von Henriette, ihrem Vater habe mein Buch gefallen. Ich war sehr glücklich. Dann hörte ich lange nichts, und dann telefonierten wir.

»Ein schönes Buch«, sagte Kaiser eilig und konzentriert.

»Vielen Dank«, sagte ich.

»Machen Sie weiter so.«

»Mach ich.«

»Lesen Sie aber ein bisschen weniger Thomas Mann.«

»Mach ich.«

»Und halten Sie mich auf dem Laufenden.«

»Mach ich.«

Was? Er würde das Manuskript nicht Siegfried Unseld geben? Er würde mich nicht bitten, in der Süddeutschen Zeitung etwas über die Künstler-Bürger-Problematik zu schreiben? Er würde mich nicht zu sich nach Hause einladen, um mit mir über *Jakob und seine Brüder* zu sprechen?

Jetzt blieb nur noch Rachel, die Schwester von Benno, meinem Hausarzt, mit dem ich über alles redete. Ich brachte ihr das Manuskript in ihre kleine, dunkle Wohnung in der Schwindstraße, und weil wir uns kaum kannten, ging ich gleich wieder. Rachel hatte schwarze Haare, schwarze Augenbrauen, und sie war auf eine Art ironisch, die absolut unironisch war. Jemand wie sie war im Deutschland der frühen achtziger Jahre auch nicht vorgesehen. Das wollte sie nicht akzeptieren, und statt sich zu assimilieren oder zu verstecken wie die meisten anderen Juden, beschloss sie, ihre Herkunft öffentlich zu machen. Sie gründete in München eine jüdische Buchhandlung, später eine zweite in Berlin, und eine Zeitlang sah es so aus, als ob das für sie der richtige Weg sei, Deutsche und Jüdin gleichzeitig zu sein.

Eine Woche später durfte ich wieder vorbeikommen, obwohl Rachel wenig Zeit hatte. Wir setzten uns auf zwei große Thonetstühle im Flur und redeten über mein Buch. Wir redeten auch über die Buchhandlung, die sie gerade in der Fürstenstraße aufmachte, und sie erzählte mir von ihren vielen stillen Teilhabern, die fast alle keine Juden waren. Jeder von ihnen überwies ihr für den Anfang zehntausend Mark, und ich dachte, das ist ein bisschen so, als würden die christlichen Bewohner von Lodz oder Fürth den Juden Geld geben, damit sie sich eine neue Synagoge bauen. Und dann dachte ich, eigentlich eine gute Idee.

Warum mochte Rachel Salamander meinen Roman nicht? Weil keine Juden darin vorkamen? Sie hat es nicht gesagt, und sie hat es vielleicht nicht einmal gedacht.

Aber wenn dir jemand erklärt, er wisse nicht, warum du ihm eine Geschichte erzählst, in der du selbst nicht vorkommst, dann ist das eindeutig. Als ich ging, sagte Rachel nicht, ich solle sie auf dem Laufenden halten. Sie gab mir mein Manuskript zurück, lächelte ironisch-unironisch und meinte, sie hätte den Zettel mit ihren Notizen hineingelegt, vielleicht wolle ich ihn lesen. Zu Hause überflog ich ihn nur schnell, weil ich immer noch sauer auf sie war, aber einen Satz konnte ich nicht ignorieren: »Wenn schon Paranoia, dann richtig dick. Denke an Kafka!« Kafka, nicht Thomas Mann. Ich machte Fortschritte.

4

Hermann Geduldig war ein ängstlicher, aggressiver Mann mit einem traurigen Matrosengesicht. Ich saß in der Schellingstraße in einem kleinen Kellerraum in seinem Seminar über Exilliteratur, und neben mir saß Nini mit dem Pagenschnitt und dem frischen, dunklen Teint einer jungen Frau, über die man in Deutschland sagen würde, sie sehe wie eine Südfranzösin aus. Nini und ich redeten ständig miteinander, während vorne Professor Geduldig leise und stotternd über Remarque und Döblin sprach. Einmal bat er mich, den Raum zu verlassen, mitten im Satz, und er wurde blass dabei. Auch wenn ich aufmerksam zuhörte, kontrollierte er mit zitternden

Pupillen, was ich gerade machte. Und als ich in meinem Referat über Feuchtwanger sagte, er sei der Karl May der Gebildeten gewesen, ein Idealist, der gewusst habe, wie man mit Büchern Millionär wird, in Deutschland und dann in Amerika, schrie Professor Geduldig mich an: »Was wissen Sie? Haben Sie eine Ahnung, was es heißt, sein ganzes Leben wieder von vorn zu beginnen? Und da reden Sie über Literatur!«

Nini und ich verbrachten einmal ein Wochenende zusammen, in meinem großen, kalten Zimmer in Solln. Ich hatte zwei Matratzen, mein Schreibtisch war eine alte Schranktür, die ich über zwei Stapel Mineralwasserkisten gelegt hatte, aber ich hatte einen echten Bechstein-Flügel. Darauf spielte ich Nini manchmal etwas vor. Oder wir sahen zusammen fern und küssten uns. Oder ich erzählte davon, wie meine Eltern zweimal von vorn angefangen hatten, einmal in Prag, einmal in Hamburg, und Nini erzählte von ihrer seltsamen Beziehung zu Professor Geduldig. Danach setzte ich mich wieder an den Flügel, der fünfzig Jahre vorher von Eger nach Deggerndorf auf einem Handwagen gelangt war. Die Leute, denen er gehörte, wollten einen neuen, aber weil sie ihre sudetendeutsche Großmutter fürchteten, gaben sie in der Abendzeitung eine Annonce auf und liehen mir den alten Flügel. Jetzt spielte ich *Mein Schtetele Belz* in der Jazzversion darauf.

Die Mutter von Professor Geduldig war die Fotografin Anne Dessauer, Alfred Eisenstaedts beste Schülerin. Sein Vater war Kunsthändler, zuerst bei Flechtheim in Berlin, danach in Basel, wohin die Familie wegen der

Nazis gezogen war. Ich habe, als ich kein Student mehr war, zufällig in der Amalienbuchhandlung für fünf Mark ein Buch von Anne Dessauer gekauft. Sie hat sie alle fotografiert: Feininger, Umbo, Xanti Schawinski, sich selbst halb nackt und Max Beckmann lachend. Die Welt auf ihren Fotos war schwarz-weiß, schnell und jüdisch – so jüdisch, wie Mitteleuropa vor dem Krieg war. Nach dem Krieg war alles anders: Mitteleuropa nicht jüdisch und Anne Dessauer keine Fotografin mehr. Nur ab und zu fotografierte sie noch ihre Kinder, und auf einem der Bilder war der kleine Professor Geduldig zu sehen. Traurig und verwirrt umarmte er seinen Teddy – die Karikatur des ewigen Emigrantenkinds.

Professor Geduldig war nicht wegen Nini komisch zu mir. Doch, ein bisschen schon. Vor allem aber sah er sich selbst in mir – und das durfte nicht sein. Ich musste dasselbe durchmachen wie er, hatte aber das Glück, als Emigrant in einer besseren Zeit jung zu sein. Was immer es genau war, das ihn gegen mich aufbrachte, am Ende des Semesters stellte er mir schlecht gelaunt meinen Schein aus. Danach redete er kein Wort mehr mit mir.

Fünfzehn Jahre später, ich hatte inzwischen zwei Bücher mit Erzählungen veröffentlicht, hielt Hermann Geduldig im Zwielicht des Saals 1 der Ludwig-Maximilians-Universität einen Vortrag über jüdische Figuren in der deutschen Literatur der Nachkriegszeit – und es war alles wie immer. Ich kam mit Sonja, mit der ich die ganze Zeit redete, und Sonja, deren Eltern Iraner sind, sah sehr südfranzösisch aus. Professor Geduldig hatte von

Anfang an große Schweißflecken unter den Achseln, er sah nervös zu mir herüber, erklärte mehrmals entschuldigend, er vertrete nur jemanden und sei darum nicht vorbereitet, und dann, mitten im Satz, wandte er sich an mich und fragte viel zu laut: »Was glauben Sie, gibt es eine jüdische Figur in einem deutschen Roman, mit der sich ein deutscher Leser identifizieren kann? Geht das überhaupt?«

»Ich weiß nicht, keine Ahnung«, stotterte ich leise, und jetzt war ich das verwirrte Emigrantenkind.

5

Gestern war ich auf dem Flohmarkt am Arkonaplatz. Ich lebe seit acht Jahren in Berlin, und seit acht Jahren gehe ich fast jeden Sonntag auf den Flohmarkt am Arkonaplatz. Ich kaufe eigentlich nie etwas, ab und zu eine Vase für fünf Euro, ein altes Rowohlt-Taschenbuch wegen des guten Covers oder ein Armband für meine Tochter, das nach ein paar Tagen reißt. Gestern hätte ich fast ein Silberbesteck gekauft, aber dann meinte die Verkäuferin, es sei aus den dreißiger Jahren und natürlich gebraucht, und ich habe gesagt, ich würde es mir noch überlegen. Ich will nicht mit einem Besteck essen, mit dem Nazis gegessen haben.

Nazis, dachte ich immer, sind mir egal. Ich sehe nicht in jedem alten Mann, der mir in der Straßenbahn ge-

genübersitzt, einen Freisler oder das Mitglied eines Erschießungskommandos der Wehrmacht. Filme über Konzentrationslager, in denen die Körper toter Juden von Baggern in Gruben geschoben werden, langweilen mich schnell, und ich schalte lieber weiter zu CNN oder *Wer wird Millionär?*. Und ich frage mich nicht ständig, wann das Vierte Reich kommt, eher mache ich mir Sorgen darüber, dass eines Tages ein verrückter Politiker auftauchen und die privaten Krankenkassen abschaffen könnte.

Es kann sein, dass ich mich belüge. Oder dass inzwischen etwas anders geworden ist. Im Sommer 1982 waren mir die Nazis aber wirklich egal. Mich interessierte nur, dass ich Jude war – und dass mein erster Roman deshalb nichts wurde, weil ich es mir selbst darin verschwieg. Dabei waren meine Seminararbeiten voller Juden. Ich schrieb über jüdische Vereine im 19. Jahrhundert und ihren traurigen Kampf um Anerkennung in der deutschen Gesellschaft, über Moritz Heimann, den wichtigsten Lektor des S. Fischer Verlags vor dem Krieg, der sich aus Enttäuschung vom assimilierten Juden zum Zionisten wandelte, über Thomas Manns angsterfüllte Abneigung gegen Juden. Und ich schaffte es sogar, in einem Seminar für Mittelalterliche Geschichte einen Papst aufzutreiben, der Jude war und deshalb eine Menge Ärger bekam und irgendwann einen Gegenpapst.

War ich naiv oder egozentrisch? Merkte ich wirklich nicht, dass sich das Jüdische immer auch aus dem Gegensatz zum Nichtjüdischen, zum Antisemitismus, zu Nazis definiert? Ich merkte es nicht – und wenn ich es merkte, langweilte es mich, denn über Nazis hatte ich seit meinem Geschichtsunterricht am Hamburger Kaiser-Friedrich-Ufer-Gymnasium genug gehört. Über Juden redete aber keiner – zumindest nicht über die, die lebten. Dann entdeckte ich Philip Roth.

6

Von Philip Roth hörte ich zum ersten Mal in Israel. Ich glaube, es war Neil, der Mann meiner Schwester, der mir *Portnoys Beschwerden* geliehen hatte. Neil kam aus Toronto, er war in den sechziger Jahren in Brandeis Anführer einer anarchistischen Splittergruppe gewesen und hatte es sogar zu einem Zwei-Minuten-Fernsehauftritt bei NBC gebracht. Neil war aber auch religiös. Er ging am Schabbat nicht ans Telefon, er stand morgens in einer dunklen Ecke der Wohnung in Herzlia und legte Tfillim, er fluchte, wenn ich das milchige und fleischige Geschirr durcheinanderbrachte. Für Neil war die Thora das erste Buch der Aufklärung, erst danach kamen Spinoza, Marx und Kropotkin – und davor die schmutzigen Witze von Philip Roth, über die er so laut und befreit lachte, als wäre das eine Art Urschreitherapie.

Jetzt lag ich am Strand von Herzlia, las *Portnoys Beschwerden* und lachte. Ich konnte es nicht glauben. Es gab wirklich Menschen auf der Welt, die genauso nervös, witzig und tyrannisch waren wie meine eigene

Familie, und man schrieb Bücher über sie. Ab und zu ließ ich das Buch auf meinen Bauch rutschen, weil ich so aufgeregt war, und machte die Augen zu. Ich hörte die Leute um mich herum Hebräisch reden, irgendwo lief ein Radio, Arik Einstein sang *Ruach, ruach*, und die Schläge der Matkotspieler klangen wie nicht endenwollende Salutschüsse. Jetzt verstand ich was Rachel und meine Schwester meinten, wenn sie – jede auf ihre Art – sagten, dass mein Roman nur aus Worten bestehe, aber nicht aus Wirklichkeit. Ich dachte an die Explosion in München, Minuten vor meinem Abflug nach Israel, und plötzlich musste ich so laut lachen wie Neil, wenn er von Alex Portnoys Versuchen erzählte, es mit dem BH seiner Mutter zu treiben. Es hatte fünf Schwerverletzte gegeben, und wenn wir nicht Verspätung gehabt hätten, wäre die im Koffer versteckte Bombe im Flugzeug explodiert und Mittelmeerfische würden an meinen Knochen nagen. Ich hatte kurz nach der Detonation, als alle schreiend durch die Abflughalle rannten, Todesangst, das erste und einzige Mal in meinem Leben. Aber als ich einen halben Tag zu spät am Ben-Gurion-Flughafen ankam, hörte mir meine Schwester kaum zu und redete von ihren Sorgen. Vor ihrem Haus in Herzlia hatte am Vormittag ein alter Peugeot wegen eines Lochs im Benzintank gebrannt, und sie saß in ihrem Wohnzimmer und machte sich in die Hosen. Eine Szene wie bei Philip Roth. Warum schrieb ich nicht über so was?

7

Nach Philip Roth kamen die anderen an die Reihe, die bei Neil und meiner Schwester im Regal standen: der ewig melancholische Bernard Malamud, der für einen Schriftsteller viel zu intellektuelle Saul Bellow, Joseph Heller, der noch komischer und brutaler war als Roth und ein paar Jahre später fast zu meinen Eltern und mir zum Borschtschessen gekommen wäre, der düstere Henry Roth, der vergessene Meyer Liben, der gar nicht so jüdische Norman Mailer und Mordecai Richler mit seinen süchtigmachenden Romanen, in denen es immer nur darum ging, wie ein kleiner Junge aus der jüdischen St. Urbain's Street von Montreal es beinahe schafft, ein großer kanadischer Schriftsteller zu werden, bis er von einem Antisemiten daran erinnert wird, wer er wirklich ist – oder bis er versucht, das Kindermädchen zu verführen.

Von ihnen allen lernte ich, ich selbst zu sein. Ihnen fiel es natürlich leichter, sie selbst zu sein, denn Juden in Amerika waren Juden ohne Holocaust. Sie mussten nicht mit Vätern und Müttern aufwachsen, die jede Nacht in ihren Albträumen in die Lager zurückkehrten. Und die Nichtjuden, mit denen sie zu tun hatten, waren vielleicht Antisemiten, vielleicht auch nicht, aber keiner schämte sich für Auschwitz oder war wütend, dass es zugemacht wurde, bevor die ganze Arbeit getan war. Das machte die Nichtjuden Amerikas so angenehm unneurotisch und ungefährlich. Für die amerikanischen Juden war es einfach nur interessant, anstrengend, aufregend, Juden zu sein, sie konnten sich alle Leidensmetaphysik sparen. Sie mussten beim Schreiben und Leben auf niemanden Rücksicht nehmen, nicht auf ihre Feinde, aber auch nicht auf ihre Freunde. Wenn der Schmerz und der Hass nicht existenziell sind, dachte ich, ist die Sache mit der Nestbeschmutzung auch nicht so dramatisch.

Als 1959 das erste Buch von Philip Roth in Amerika erschien, sagte man ihm, er beschreibe die Juden so gut, dass die Gegner der Juden sich darüber freuen könnten. Philip Roth zuckte mit den Schultern und nahm für *Goodbye, Columbus* gut gelaunt den National Book Award entgegen. Als *Goodbye, Columbus* 1962 auf Deutsch erschien, widmete Philip Roth den deutschen Lesern ein kurzes Vorwort. Er sei sich sicher, schrieb er, dass es in Deutschland keine Nazis mehr gebe. Und wenn doch, dann sei ihm das egal, er habe keine Lust, seine Phantasie und seinen Willen von ihnen beeinflussen zu lassen. Genau, dachte ich, ich auch nicht. Das war mein erster Fehler.

8

Es war Ende Dezember 1974, und die Straßen von Tel Aviv waren jeden Morgen nass und dunkel vom nächtlichen Regen. Ich stand im Badezimmer von Klara und Zoli in Holon und rasierte mich zum ersten Mal in meinem Leben. Ich benutzte das Rasierzeug meines Vaters. Als ich fertig war, sah ich im Spiegel das Gesicht meiner Mutter. Und ich sah das Gesicht von Jakow Tschachmachtschev, ihrem armenischen Vater. Er war der einzige Nichtjude in der Familie, und meine Mutter sagt immer, ich sei genau wie er – überempfindlich, untreu und übertrieben ordentlich, und natürlich habe ich die gleichen Hände. Jakow Tschachmachtschev starb ein paar Monate vor unserer Israelreise unerwartet in Moskau. Er wollte zu uns nach Hamburg kommen, noch ein letztes Mal, aber die Sowjets wollten das nicht, und das war seine Antwort, sagt meine Mutter.

Wir blieben zwei Wochen bei Klara und Zoli. Klara konnte nicht glauben, wie gut ich Deutsch sprach. Sie hatte Deutsch in Birkenau gehört, auch aus dem Mund von Mengele, der eines morgens beim Appell zu ihr sagte, sie sei zu schwach zum Arbeiten und müsse in die Krankenbaracke. Aus der Krankenbaracke wäre sie am Tag darauf in eine der Gaskammern gekommen, aber ihre Schwester Božka holte sie nachts raus, sie bestach den Kapo mit ihrem Pullover. Beim nächsten Appell erkannte Mengele Klara nicht wieder.

»Er spricht wie ein richtiger Deutscher«, sagte Klara auf Tschechisch zu meinen Eltern und strich mir über den Kopf, »so schön und klar.«

»Wirklich?«, sagte meine Mutter. »Ich kann das nicht beurteilen.«

»Klara hat recht«, sagte mein Vater.

»Das macht nichts«, sagte Zoli.

Meine Eltern schämten sich. Aus Prag waren wir nach

Hamburg gezogen, weil mein Vater dort Arbeit bekam. In Hamburg lebte auch sein ältester Freund Gabriel Laub, der Schriftsteller, der gleich im August 1968 Prag verlassen hatte. Laub liegt inzwischen in Israel auf einem Friedhof, meine Eltern leben immer noch in Hamburg und gucken jeden Abend russisches Fernsehen.

»Er soll mehr Russisch lesen«, sagte mein Vater.

»Ich will nicht Russisch lesen«, sagte ich.

»Aber du sprichst es doch.«

»Mit euch.«

Ein paar Tage später fuhren wir nach Jerusalem. In Jerusalem war es noch kälter als in Holon und Tel Aviv, aber es regnete nicht, und die Nächte waren so klar, dass man auf den Hügeln weit hinter der Stadt tausend kleine orangefarbene Lichter blinken sah. Die Leute hatten richtige Heizungen in ihren Wohnungen, anders als Klara und Zoli, die im Winter nur die Aircondition auf warm stellten. Ich weiß nicht mehr, bei wem wir in Jerusalem wohnten, und ich erinnere mich auch nicht an den Namen des russischen Freundes meiner Eltern, mit dem wir in der Altstadt auf einem kleinen, sonnenüberfluteten Platz standen. Er hatte einen schwarzen Bart, einen schwarzen Mantel, ein unehrliches Lächeln. Plötzlich drehte er sich zu mir um, dann drehte er sich zu meinem Vater und sagte: »Ein richtiger Diasporajude, dieser Junge!« Ich verzog genervt das Gesicht. Offenbar wusste er nicht, dass ich der Wiedergänger von Jakow Tschachmachtschev war, dem armenischen Aristokraten und Frauenhelden, dessen Familie seit Jahrhunderten die wichtigsten armenischen Dichter und Wissenschaftler stellte. »Und blass ist er. Wie ein Jeschiwaschüler.«

9

Danach war ich nie mehr im Winter in Israel. Ich fuhr aber fast jeden Sommer hin, und wenn ich zurückkam, war ich braungebrannt, eingebildet und voller Pläne.

Im Sommer 1976 wollte ich Offizier in der israelischen Armee werden und noch lieber General. Im Sommer 1977 wollte ich in einen Kibbutz ziehen, ab morgens um fünf arbeiten, ab mittags um eins den ganzen Tag frei haben. Im Sommer 1978 verliebte ich mich in Tali aus Ramat Hascharon – aber sie sich nicht in mich. Im Sommer 1979 kam ich mit Wieke aus Hamburg, die mich zwang, einen Ausflug nach Gaza zu machen; eine Tour durch die Sinaiwüste machten wir auch, wir schliefen im Sand unter offenem Himmel und tranken Wasser aus großen weißen Plastikkanistern, und hinterher hatten wir eine sehr seltene Hautkrankheit, und ich machte Schluss. Im Sommer 1980 ging ich für drei Wochen in einen Kibbutz, flog aber nach drei Tagen raus, weil ich nicht umsonst arbeiten wollte, schon gar nicht morgens um fünf, und aus Rache pinkelte ich in den Zitronenhain. Im Sommer 1981 lernte ich von Neils Bruder Jerry, dass Prosa im Präsens unlesbar ist, und dann waren wir noch auf einer Party in einer Jeschiwa in Jerusalem, alle tanzten und rauchten Gras, und ich dachte, ich werde Rabbiner. Und im Sommer 1982 beschloss ich, nicht mehr von Israel zu träumen. Deutsch war meine Sprache, Deutschland deshalb mein Land. Mein zweiter Fehler.

10

In der Germanistenbibliothek saß jeden Tag ab elf eine blonde Studentin mit Sommersprossen, herrlichen Zähnen und einem Gang, wie Pferde ihn haben, wenn sie vom Trab auf Schritt wechseln. Ich saß ein paar Reihen hinter ihr, und alle zwei Minuten blickte ich von meinen Büchern auf, um zu prüfen, was sie gerade machte. Oder ich sah ungeduldig auf die Uhr am dunkelroten Turm der Ludwigskirche.

Wenn sie morgens die Wendeltreppe herunterkam, war ich schon da. Auf meinem Tisch standen die gesammelten Werke von Thomas Mann, zehn Jahrgänge Weltbühne und mehrere Stapel Sekundärliteratur, und ich duckte mich schnell dahinter. Sie tat so, als hätte sie mich nicht gesehen. Wenn sie Mittagspause machte und über die Wendeltreppe hochging, setzte ich mich vorsichtig an ihren Tisch und sah nach, was sie las. Sie bereitete sich auf ihre Prüfung fürs Lehramt vor, Brentano, Christa Wolff, E. T. A. Hoffmann. Na und? Sollte sie ruhig Deutschlehrerin werden, wir würden trotzdem ein Leben lang zusammenbleiben.

Die Frauen, in die ich mich verliebte, waren alle wie sie. Groß, deutsch und zu Hause ein Bett aus Daunen. Eine hieß Elsa von Kleist, eine andere Sofia von Stauffenberg. Sofia fragte mich, als wir morgens um vier in meinem neuen Einzimmerappartement in Neuhausen Backgammon spielten, ob es stimme, dass die galizischen Juden von allen die schlimmsten seien. Meine achtzigjährige Nachbarin, die Tag und Nacht mit sich selbst redete, stieß in diesem Moment einen lauten Fluch aus. Die Wände waren dünn, aber nicht so dünn, dass man verstand, was sie sagte. Ich machte ein trauriges Gesicht und versuchte Sofia zu küssen, aber sie hatte keine Lust.

Sie hatten fast nie Lust. Sie wollten dieselben Bücher wie ich lesen, sie fragten mich um Rat, wenn sie nicht wussten, ob sie mit Philosophie weitermachen oder lieber zu Theaterwissenschaften wechseln sollten, sie hörten sich in der Cafeteria der Staatsbibliothek auf einem kleinen Sony-Diktiergerät meine Songs an, in denen Hitler und Stalin Hand in Hand über Wiesen und Felder tanzten oder ich davon sang, dass ich gern Sex mit meinem Fön hätte. Sie lachten und sahen verlegen nach unten, dann sagten sie freundlich Auf Wiedersehen und gingen mit ihrem deutschen Freund Rotwein trinken.

Eine von ihnen tauchte Jahre später auf Fotos von Helmut Newton auf. Sie hatte breite Schultern, grüne Augen, und das Einzige, was sie trug, waren kniehohe schwarze SS-Stiefel.

11

»Willst du morgen zu uns zum Essen kommen?«, sagte Barbara.

»Zu euch?«

»Wir wohnen in der Ismaninger Straße.«

»Soll ich den 53er nehmen?«

»Wir können nach der Bibliothek zusammen mit dem Fahrrad fahren.«

»Ich hab kein Fahrrad.«

»Ich nehm dich auf meinen Gepäckträger.«

»Gern, sehr gern. Sehr, sehr gern!«

Als wir am nächsten Tag in der Ismaninger Straße ankamen, öffnete uns Barbaras Freund Tommy die Tür. Er hatte ein selbstbewusstes, warmes Lächeln und einen Walkman, dessen Kopfhörer er nicht absetzte. Er sagte Hallo, und wir sagten Hallo, und er und Barbara küssten sich. Dann ging er wieder nach hinten in sein Atelier, und wir gingen in die Küche.

Tommy war der Meinung, dass die Israelis sich an den Palästinensern für Auschwitz rächten. Er sagte das lächelnd und ein bisschen fragend, wie er alles lächelnd und ein bisschen fragend sagte, und ab sofort wollte ich nicht mehr mit Barbara mein Leben verbringen, denn sie widersprach ihm nicht. Ich wollte auch nicht mehr die Spaghetti essen, die sie und ich zusammen gekocht hatten. Die anderen, die mit uns am Tisch saßen, hörten uns schweigend zu und aßen weiter. Ich legte die Gabel weg und fragte Tommy, ob es nicht eher so sei, dass er sich an mir für Auschwitz räche. Er verstand meine Frage nicht. Ich sagte, erstens sei sein Gedanke komplett idiotisch, zweitens sei es idiotisch, ausgerechnet von mir wissen zu wollen, ob er richtig oder falsch sei, und drittens seien alle Deutschen Idioten. Dann rannte ich raus.

Als Thomas Lehnerer fünfzehn Jahre später starb, ging ich wie alle, die an diesem Abend in der Ismaninger Straße gewesen waren, zu seiner Beerdigung. Ich war sehr traurig, und später beim Essen im Palmenhaus des Nymphenburger Schlosses sah ich kurz durch das Glasdach in den weißen Winterhimmel, und ein riesiger Sperlingsschwarm flog langsam durchs Bild. Ich besitze zwei Zeichnungen von Tommy und einen kleinen Bronzekopf. Die Zeichnungen hatte er mit mir gegen meinen alten Fernseher getauscht, weil er in den letzten beiden Jahren, als er nicht mehr so viel arbeiten konnte, gern fernsah. Den Bronzekopf – zwei Punkte statt der Augen, kein Mund, ernster, gelassener Gesichtsausdruck – schenkte er mir. Ich hatte für seine Ausstellung mit den komischen Fleischköpfen eine Erzählung geschrieben, in der ein russischer Jude seine Freunde in Berlin besucht, die halbe Küche leer isst und nachts die Tochter vergewaltigt. Tommy hatte viele Ausstellungen gehabt, er verbrachte ein Jahr in der Villa Massimo, er gründete die Weltgesellschaft für Glück, er nannte seine Arbeiten *Die Religion gehört der Kirche nicht* oder *Gott*. Eines Tages schraubte er heimlich an der Feldherrnhalle ein kleines Schild an. »Juden in aller Welt bitte kehrt zurück, wenn ihr wollt« stand auf dem Schild, und er fragte mich vorher, ob ich das gut fände. Ich fand es sehr gut, es war das Beste, was ein junger Deutscher zum Holocaust jemals gesagt hatte. Der Sperlingsschwarm änderte die Richtung und verschwand, und ich sah zu dem Tisch herüber, wo Barbara mit den Kindern saß. Dann versuchte ich, an etwas anderes zu denken.

Als ich aus dem Haus in der Ismaninger Straße herausgerannt war, dachte ich immer noch: Alle Deutschen sind Idioten. Sie wollen etwas von mir, das ich ihnen nicht geben kann, und weil ich es ihnen nicht geben kann, sind sie sauer auf mich. Darum, dachte ich, werde ich ab jetzt auch auf sie sauer sein. Ich ging am Friedensengel vorbei, hinunter zur Isar, es war schon spät, und die Isar war ein schwarzes Nichts links und rechts von der Maximiliansbrücke. Dahinter sah ich die Lichter der Maximilianstraße und die strahlenden Fenster des Schumann's, aber meine Laune besserte sich nicht.

12

Süddeutsche Zeitung, heute Morgen, Literaturseite. Hellmut Freund hat seine Autobiografie geschrieben, und der Kritiker meint, wer zwei Hosen hat, solle eine verkaufen und sich von dem Geld dieses Buch kaufen. So exaltierte Ratschläge liest man in deutschen Zeitungen selten.

Hellmut Freund war vierzig Jahre lang Lektor bei S. Fischer. Vorher war er der einzige jüdische Junge, der noch 1938 in Berlin Abitur machen durfte, außer Marcel Reich-Ranicki vielleicht. Dann durfte er gar nichts mehr, und die Freunds flohen nach Montevideo. Montevideo klingt natürlich sehr schön. Es klingt nach Rumba, Spionen und alten MGM-Filmen, und trotzdem wollten die Freunds nicht bleiben. Sie kamen Anfang der sechziger Jahre nach Deutschland zurück, und Hellmut wurde der neue Moritz Heimann. Auf dem Foto über dem Artikel sieht man einen kleinen, zarten Herrn in seinem Büro im Verlag in Frankfurt in der Hedderichstraße, hinter ihm hängt ein Bild von Heine, daneben eins von Thomas Mann.

Den Kritiker der Süddeutschen Zeitung macht es glücklich, wie leicht dieses Buch ist. Er meint Hellmut Freunds elegante Art, zu erzählen. Er meint aber auch die Nonchalance, mit der Freund und seine Familie dem Schicksal begegneten. Toll, ihre Zuversicht, schreibt er, mit der sie bis zum Schluss im Deutschland der Judengesetze lebten – aber auch verständlich, denn sie waren von lauter guten Seelen umgeben. Die freundlichen Lehrer vom Fichte-Gymnasium! Die netten Schulkameraden! Die aufmerksamen Bademeister im Freibad Wannsee! Ein Nachbar gab ihnen sogar den Schlüssel zu seiner Wohnung, damit sie, wenn die Gestapo käme, durch die Dienstbotentür rausrennen und sich bei ihm verstecken konnten. Sie haben, so scheint es, den Schlüssel nach Montevideo mitgenommen. Und als die Gestapo weg war, kamen sie durch die Dienstbotentür wieder zurück.

Und durch welche Tür kam ich nach Deutschland?

Irgendwann begann ich, die deutschen Juden der Vorkriegszeit zu beneiden, die zurückgekehrt waren. Mit ihnen redete niemand über Palästinenser. Von ihnen wollte man nur wissen, wie es gewesen ist, als Berlin noch so jüdisch war wie heute New York. Von mir wollte man wissen, wenn es nicht um Sabra und Schatila und Ariel Scharon ging, warum ich darauf bestand, Jude zu sein. Eine Frage, die sich bei Hellmut Freund, George Tabori, Hans Sahl, Ida Ehre nicht stellte, denn sie wollten Deutsche sein. Leuten wie ihnen opferte man gern seine zweite Hose.

13

Ich fuhr wie jeden Freitag in die Reichenbachstraße. In der Reichenbachstraße, schräg gegenüber vom Gärtnerplatztheater, war das Haus der Jüdischen Gemeinde. Das Theater sah wie eine große weiße Stadtvilla aus, die Gemeinde war eine einzige lange graue Betonfassade, deren Anblick mich auch bei strahlendem Wetter deprimierte. Unten, in der Einfahrt, standen zwei israelische Wachleute, die immer froren, sogar im Sommer. Hinter ihnen hing ein schwarzes Schild, das an die sieben erinnerte, die beim Brandanschlag im Winter 1970 umgekommen waren, als hier noch das jüdische Altersheim war. Hinten im Hof lag die Synagoge, die man nicht sah – man ging durch eine graue Eisentür, und plötzlich stand man in einem riesigen, schlecht beleuchteten Saal. Früher war die Hauptsynagoge – eine Mischung aus Tempel und Hofbräuhaus – am Lenbachplatz, aber nach dem Krieg verkauften die Münchener Juden das Grundstück an Karstadt, denn keiner sollte mehr sehen, wo sie beteten. Ich kam aber nicht in die Reichenbachstraße, um zu beten. Im ersten Stock war das Restaurant von Herrn Schwartz, weiße Tischdecken, Hühnersuppe, gehackte Leber, Braten. Als Student aß man hier freitags umsonst.

»Wenn du möchtest«, sagte P.J., ohne von seinem Teller aufzublicken, »kannst du etwas für die nächste Nummer schreiben.«

»Wirklich?«, sagte ich überrascht.

»Ja. Rany will diesmal nicht. Du hast eine Seite.«

»Was stellst du dir vor?«

»Was stellst du dir vor?«

»Einen Juden, der sich in einen Papagei verwandelt, weil er kein Jude mehr sein will?«

»Nicht schlecht.«

Wir waren immer sechs, sieben Leute. Daniel Krochmalnik, der einen Satz von Hermann Cohen oder Spinoza so lange hin und her wendete, bis er einen eigenen Einfall hatte. P.J. Blumenthal aus New York, der freundliche, selbstherrliche Chefredakteur des Cheschbon. Helena Janeczek, viel jünger als wir, die nie ein Wort herausbrachte, so traurig war sie. Die große, rabenhafte Ellen Presser, die eigentlich immer nur mit P.J. um die Macht beim Cheschbon kämpfte. Und Rany Girsch, der vor Jahren für eine Woche aus Haifa nach München gekommen war – und nicht mehr zurückfuhr.

»Oder ich könnte schreiben, wie der Teufel zu mir zum Tee kommt.«

»Zu dir? Zum Tee – ja?«, sagte P.J. »Der Teufel?«

»Asmodi, Beelzebub, Satan«, sagte Daniel grinsend.

»Ist doch egal, wie er heißt. Er weiß, nur wenn ich leide, bin ich ein guter Jude. Er steckt hinter jedem palästinensischen Attentat, und wenn Kreisky die Juden beleidigt, hat er seine Zunge bewegt.«

»Und was passiert dann?«

»Er will mir sagen, dass er keine Lust mehr hat. Ich soll mich endlich assimilieren.«

»Direkter geht's nicht?«, sagte Daniel.

»Ich würde es statt des Editorials bringen«, sagte Ellen.

»Das Editorial schreibe ich!«, sagte P.J.

Ich liebte die Freitage im Restaurant von Herrn Schwartz. Wir waren wie die alten Männer und Frauen in den Geschichten von Isaak B. Singer, die in der Lower Eastside in einem Automatenrestaurant sitzen und über Marx, Schalom Alejchem und die letzte Nummer des Forverts streiten. Vor allem Daniel war eine echte Singerfigur. Wenn er einen seiner Spinoza-Einfälle hatte und kein Notizblock in der Nähe war, schrieb er ihn auf einen Euroscheck. Wir beide hatten ständig Ärger miteinander, keine Ahnung, warum. Wahrscheinlich, weil mir seine Tiefsinnigkeit auf die Nerven ging und ihm meine Arroganz und mein Halbwissen, und einmal kippte ich ihm die heiße Hühnersuppe in den Schoß. Er ist jetzt in Heidelberg an der Jüdischen Hochschule, wo ihn alle mögen.

Und die anderen? Helena Janeczek lebt in Mailand, sie ist Lektorin bei Mondadori. Vor Jahren hat sie Gedichte bei Suhrkamp veröffentlicht, die sie noch auf Deutsch schrieb, dann kam ihr erstes italienisches Buch, *Lezioni di tenebra*, das davon handelt, wie ihre Auschwitz-Mutter sie in ihrer Jugend in den Wahnsinn trieb. P.J. ging zurück nach Amerika, kam schnell wieder und ist jetzt – bestimmt nur wegen des Namens – Redakteur bei der Wissenschaftszeitschrift P.M. Rany ist verschwunden und hat hoffentlich eine Bar in der Unterstadt von Haifa. Ellen macht Lesungen mit Amos Oz, Arno Lustiger und Zeruyah Shalev. Und ich habe ein paar Bücher geschrieben, von denen eins verboten ist.

»Ich hab's«, sagte ich.

»Eine Geschichte, in der dir Herzl erscheint und sagt, er will dir Palästina verkaufen?«, sagte Daniel.

»Jetzt lasst ihn mal ausreden«, sagte Ellen.

»Ich will das Schnitzel mit Kasche, Herr Schwartz«, sagte P.J.

»Mit Kasche?«, sagte Rany. »Ihr Deutschen seid wirklich widerlich!«

»Ich bin kein Deutscher, ich bin Amerikaner.«

»Ein jüdischer Theaterregisseur flieht nach einem Anschlag der Neonazis in den Wald«, sagte ich, »und lebt dort mit den Tieren.«

»Das hatten wir schon«, sagte Daniel. »Das war die Sache mit dem Papagei!«

»Nach zwanzig Jahren hat er genug und kommt zurück, und das Stück, das er schreibt, wird sein größter Erfolg. Es heißt *Grienszpan, der böse Wolf*.«

»Gut«, sagte P.J., »schaffst du es bis nächsten Freitag?«

»Ja«, sagte ich schnell. Ich hatte keine Ahnung, was sonst noch in der Geschichte passieren würde, aber ich freute mich sehr, sie zu schreiben. Es würde um Juden gehen und um nichts als Juden. Meine Schwester und Rachel hatten absolut recht.

14

Das zweite Buch, das ich schrieb, hieß *Darstellung und Funktion des Judentums im Frühwerk Thomas Manns* und war meine Magisterarbeit. Ich brauchte ein Jahr dafür – jeden Morgen um halb acht aufstehen, ein Tee und ein Brot mit Marmelade, dann mit der U 5 vom Rotkreuzplatz zur Universität fahren, in der Staatsbibliothek aus dem Schließfach meine Bücher und Notizen holen, den ruhigsten Platz im hinteren Teil des riesigen Lesesaals suchen, Mittagessen um eins in der Kantine der Kunstakademie, ein Tee und ein Mohnkuchen in der Cafeteria um vier, gegen sechs ein paar Minuten Schlaf mit dem Kopf auf dem Bibliothekstisch, kurz vor acht die Bücher und Notizen ins Schließfach sperren und mit der U 5 wieder zurück nach Hause fahren.

Einmal schlief ich schon nachmittags ein. Ich wurde von einem grauhaarigen, jungen Mann geweckt, den ich vorher in der Bibliothek nie gesehen hatte. Er stand hinter mir und rüttelte an meinem Stuhl. Er war größer als ich, viel größer, und ich glaubte nicht, was er mir zuflüsterte.

Ich schrie sofort zurück. »Dich haben sie damals vergessen, du Untermensch!«

»Was?«

»Geh mir aus den Augen, du deutscher Dreck!«

»Das hier ist –«

»Das hier ist nicht der Ort, an dem du was zu sagen hast«, unterbrach ich ihn. »Ihr habt den Krieg verloren! Dein Scheißdeutschland ist besetzt! Und ich gehör zu den Alliierten!«

Er hatte große, schwere Hände, und er hob sie hoch, aber nicht, um mich zu schlagen. Es sah wie ein sehr verzweifeltes Flehen aus, dann ballte er sie zu Fäusten – und ging weg. Der Gang zwischen den Tischen war lang, danach kam die große Glastür, und auf der Treppe begann er zu rennen. Woher wusste er, dass ich Jude war? Es war mir egal. Hundert böse Augen blickten von ihren Büchern auf und sahen mich an. Im Lesesaal durfte man nur flüstern, daran hatte ich nicht gedacht.

Es gab noch mehr von seiner Sorte. Einer sah wie Hitler aus, nachdem man ihn zur Rede gestellt hatte. Er war sehr klein, hatte keine Schultern, fahle Haut und ein fast unsichtbares Chaplinbärtchen. Er kam wie ich jeden Morgen um neun und ging abends um acht, und man erzählte sich in der Cafeteria lachend, er schreibe seit Jahren eine Arbeit darüber, warum deutsche Männer den jüdischen Männern sexuell überlegen seien. Er machte auch um vier Pause, und auf seinem Tablett standen jedes

Mal zwei Gläser Tee, dazu aß er zwei hartgekochte Eier und zwei Semmeln. Ganz klar, er war ziemlich durcheinander, in Haar warteten sie bereits auf ihn. Aber das war mir egal. Als er mich einmal in der Schlange mit dem Tablett berührte, stieß ich ihn wild zurück. Das Tablett kippte, die Teller und Gläser fielen krachend auf den Boden, und mein Herz raste. Danach sah er mich immer von Weitem wütend an, und ich machte dasselbe.

Ein anderer hatte angeblich eine offene Wunde am Rücken und schrieb, um die jüdische Weltverschwörung nachzuweisen, aus dem Brockhaus alle Artikel ab, in denen es um Juden ging. Das mit der Wunde stimmte wahrscheinlich, denn er hielt sich beim Gehen mit der Hand den Rücken und verzog vor Schmerz oft das Gesicht. Einmal hing ihm das Hemd raus, und es war blutig. So einer, dachte ich, musste jemanden hassen, warum also nicht uns. Ich traf ihn ab und zu auf dem Heimweg in der U 5. Er saß immer im letzten Wagen in der letzten Reihe und sah aus dem Fenster, obwohl es dort außer den schwachen Spiegelungen der anderen Passagiere nichts zu sehen gab. Er war Ende sechzig oder noch älter und erinnerte mich an Dr. Hinrichs, meinem alten Schuldirektor aus Hamburg, der 1937 aus der NSDAP wieder ausgetreten war und trotzdem von allen Nazi-Hinrichs genannt wurde. In der Maillingerstraße stieg er aus und humpelte quer über den Bahnsteig. Während die U-Bahn anfuhr, konnte ich sehen, wie er zögerte, bevor er auf die Rolltreppe stieg. Ich überlegte, ob ich eine Geschichte über ihn schreiben sollte, aber am Rotkreuzplatz hatte ich es schon vergessen.

15

»Ihre Mutter ist auch in Moskau geboren?«

»Nein, in Baku. Das ist in Aserbaidschan.«

»Und der Vater ist Tscheche aus Moskau?«

»Naja, das ist kompliziert.«

»Erzählen Sie ...«

»Jetzt?«

Professor Delgarde sah durchs Fenster auf die Uhr der Ludwigskirche. »Warum nicht«, sagte er, »Ihren Stoff können Sie doch bestimmt. Und wir hatten alle einen sehr langen Tag. Sie sind heute schon der Achte.« Er lächelte wie ein Tier, das keinen Hunger mehr hat, und die beiden anderen Professoren, die neben ihm an dem langen, dunklen Tisch saßen, lächelten auch.

»Der Vater meines Vaters war im Ersten Weltkrieg österreichischer Soldat, er kam aus Kobelecka Poljana.«

»Kobelecka ...«

»... Poljana, ja. Das ›c‹ in Kobelecka spricht man mit. Dann kam er in Russland in Kriegsgefangenschaft und lernte meine Großmutter kennen. Sie heirateten, er blieb in Moskau, und weil Ruthenien seit 1918 zur neuen tschechoslowakischen Republik gehörte, bekam er von Masaryk einen Pass. Seine vier Söhne später dann auch.«

»Sie haben drei Brüder?«

»Nein, ich nicht. Mein Vater.«

»Natürlich.«

Alle lachten.

»Und als General Svoboda – kennen Sie General Svoboda? – im Zweiten Weltkrieg mit der tschechoslowakischen Brigade auf der Seite der Russen Prag befreite, waren zwei der Brüder dabei. Sie blieben in Prag und holten die beiden jüngeren nach. So kam mein Vater das erste Mal in den Westen. Prag war damals noch Westen, wissen Sie.«

»Und das zweite Mal?«

»1970 – als wir nach Deutschland flohen.«

»Ja«, sagte Professor Delgarde, »das ist wirklich kompliziert.«

»Meine Mutter und mein Vater lernten sich aber –« Ich brach mitten im Satz ab und schwieg.

»Wussten Sie«, sagte er, »dass Hermann Göring eine jüdische Geliebte hatte, der er bis zum Schluss die Treue hielt?«

»Nein, das wusste ich nicht.«

»Es war damals für keine der beiden Seiten leicht, das müssen Sie glauben. Die Juden fehlen uns heute genauso wie wir ihnen.« Er legte seine langen Arme müde auf den Tisch, als könne er sie nicht mehr halten, und sah nach links und nach rechts. »Ich werde Ihnen eine Eins geben, eine gute Eins, vor allem wegen Ihrer Magisterarbeit.« Die Arme gingen wieder wie von selbst hoch. »Obwohl ich mit Ihnen nicht einverstanden bin.«

»Wirklich nicht?«

»Nein, absolut nicht.«

16

Ich schicke Professor Delgarde bis heute jedes neue Buch. Er antwortet nie, vielleicht mag er nicht, wie ich schreibe. Er hat mich damals nicht aufgehalten, das reicht. Ich war einer von hundertzwanzig ahnungslosen Studenten, denen er im größten Hörsaal der Münchener Universität Geschichten über Thomas Mann erzählte, als sei er eine Märchenfigur, und dann ging eine Themenliste herum, und als sie bei mir ankam, war alles weg, außer *Thomas Mann und die Juden*. Also las ich Buddenbrooks, Gladius Dei und Doktor Faustus – und war genauso erstaunt wie an dem Nachmittag in der Bibliothek, als der große Grauhaarige an meinem Stuhl rüttelte. Thomas Mann hasste die Juden! Das sagte ich Professor Delgarde, und er sagte, wenn ich das denke, soll ich das schreiben.

Ich habe nicht aufgehört, das zu denken. Thomas Mann ist der neue Goethe, und den Deutschen ist egal, dass fast alle seine Bücher einen dunklen Hinterausgang haben, durch den man direkt in die schmutzige Phantasiewelt der Rassentheoretiker des 19. Jahrhunderts gelangt. Die Juden bei Mann sind schnell, schmierig, gewissenlos und Demokraten. Sie haben platte Nasen und wulstige Lippen, und wenn sie wie Sieglinde und Siegmund in *Wälsungenblut* Geschwister sind, schlafen sie miteinander. Hinterher erschrickt Sieglinde und fragt – in der ersten, von Thomas Mann später aus Angst vor seinen jüdischen Schwiegereltern veränderten Fassung –

ihren schönen Bruder, was jetzt mit ihrem deutschen Verlobten sei, und Siegmund sagt: »Was soll mit ihm sein? Beganeft haben wir ihn, den Goj!« Ach so. Namen wie von Richard Wagner, aber hinterhältig wie die Ratten bei Veit Harlan.

Thomas Mann wird jedes Jahr berühmter. Trotz oder wegen seines Antisemitismus? Vielleicht ist er der neue Anti-Goethe. Er sitzt jeden Tag von neun bis zwölf in der Poschingerstraße oben in seinem Arbeitszimmer und schreibt Sätze, die Juden wehtun und Deutsche stolz machen sollen. Er schreibt sie zuerst in seine Geschichten und Romane, wo sie jeder lesen kann, und später, während seiner republikanischen Phase, heimlich in seine Tagebücher. Er sitzt da, beißt sich vor Wut auf die Lippen, und unten spielen seine sechs Kinder, die nach der Halacha Juden sind, denn ihre Mutter ist Jüdin und hieß vor der Hochzeit Katia Pringsheim. Sie und ihr Zwillingsbruder Klaus sind übrigens Siegmund und Sieglinde.

Professor Delgarde wusste das alles, und es war ihm unangenehm. Trotzdem brachte er mir bei, dass jeder Gedanke gut ist, Hauptsache, man kann ihn begründen. Und er schrieb auf die letzte Seite meiner Arbeit entschuldigend, es könne doch sein, dass Thomas Mann für seine Dummheiten später literarische Wiedergutmachung geleistet habe – aber er nannte kein Beispiel. Mir fällt jetzt auch keins ein, nur ist das nicht mein Problem. Mein Problem ist, dass ich beschloss, Schriftsteller in einem Land zu werden, wo nicht Babel oder Camus die Nummer eins sind, sondern der Autor der *Betrachtun-*

gen eines Unpolitischen, der bis zu seinem Tod die Moderne als jüdische Erfindung im Verdacht hatte.

17

Bevor ich Schriftsteller wurde, wurde ich Journalist. Als Journalist war ich oft feindselig zu den Deutschen, meistens in den neunziger Jahren, als sie immer nur über sich selbst redeten. Alles, was mir einfiel, wurde gedruckt, ich merkte nicht, dass ich als Deutschenhasser benutzt wurde. Das Geld stimmte, und wenn ein Redakteur fand, dass ich einen Gedankenstrich zu viel gesetzt hatte, entschuldigte er sich bei mir, bevor er ihn strich. Ich wurde angerufen und gefragt, ob ich im Fernsehen meine Meinung sagen will. Ich entwickelte sogar eine eigene Theorie: Alles, was falsch ist in Deutschland, sagte ich, hängt damit zusammen, dass die Deutschen unzivilisiert sind. Und alles, was neu oder fremd ist, verunsichert sie – Ausländer, Humor, Demokratie, unbekannte Partygäste. Darum, schloss ich, konnte Hitler Karriere machen. Er versprach den Deutschen, die Welt von allem zu befreien, was sie nicht kannten. Das war sein Weltkrieg.

Ich wollte Schriftsteller sein und Geschichten über Juden schreiben. Warum musste ich Journalist sein und Artikel über die Deutschen verkaufen? Den ersten schrieb ich im Sommer 1983, zwei Tage nachdem mir Professor Delgarde erzählt hatte, dass Göring Sex mit einer Jüdin hatte. Ich hatte kaum Zeit, mich von der Prüfung zu erholen. Ich schlief mich zweimal aus und war einmal im Schumann's, dann ging ich morgens ans Telefon. Jemand hatte jemandem von mir erzählt, der rief mich an und sagte, er heiße Giovanni di Lorenzo, und es müsse sehr schnell gehen. Er sei Journalist, Italiener und habe in der Ainmillerstraße Politik studiert. Er mache ein Buch mit einem Neonazi, der inzwischen keiner mehr sei – angeblich. Ein Kapitel der Neonazi, eines er.

»Man kann das meiste von dem, was er erzählt, nicht ohne Kommentar stehen lassen«, sagte Giovanni.

»Klar.«

»Oder findest du das zu didaktisch?«

»Ich weiß nicht. Ich kenne dein Buch nicht.«

»Und dort, wo er meint, dass es kein Auschwitz gab, fand ich, soll ihm ein Betroffener antworten.«

»Ich war nicht in Auschwitz.«

Giovanni machte eine Pause. »Er sagt übrigens auch, er will jetzt wieder ein normales kleinbürgerliches Leben führen, ein richtiger Spießer sein.«

»Sind Nazis keine Spießer?«

»Für ihn nicht. Er verehrt Ulrike Meinhof.«

»Gibt es ein Honorar?«

»Zweihundert Mark.«

»Super.«

Jetzt saß ich in Neuhausen in meinem Einzimmerappartement, meine alte Nachbarin hustete so laut, dass ich mir Sorgen um sie machte, und draußen war ein freundlicher Sommertag. Ich wäre gern in den Englischen Garten gegangen, wo wir auf der großen Wiese unter dem Monopteros manchmal Fußball spielten. An den Eisbach ging keiner mehr, dort waren inzwischen zu viele nackte Männer. Nach dem Fußballspiel wären wir ins Venezia gegangen und hätten bei einem Glas Milch für eine Mark sechzig stundenlang im Lärm der Leopoldstraße gesessen. Wir hätten versucht, eine Studentin, die neu in der Stadt war, kennenzulernen, oder wir hätten darüber geredet, wo man in München billig Hemden mit Paisleymuster und alte Anzüge mit schmalen Hosenbeinen bekam. Ich sage wir, aber ich weiß gar nicht mehr, wer damals meine Schwabinger Freunde waren. Sie waren keine Juden, das weiß ich noch.

Ich nahm meine Gitarre und spielte G, e-Moll, C, D, immer wieder. Dazu sang ich *Why don't you stay* von Jackson Browne. Es war ein einfaches, euphorisches Lied, das ich mir selbst beigebracht hatte, und irgendwann fing ich an, zu improvisieren. Die Akkorde waren dieselben, aber ich veränderte die Melodie und die Worte. Jetzt sang ich: »Warum bin ich nicht in Dachau geblieben, die Luft war so gut und der Chef kein Jud.« Den Flügel aus Eger hatte ich nicht mehr, dafür war in dem kleinen Appartement kein Platz. Ich hatte ihn vor dem Umzug an einen Musiker weitergegeben, der ihn mit seinen Freunden in Solln abgeholt hatte. Sie hatten lange Haare, Bärte und Pullover, die ihnen bis zu den Knien gingen. Deutsche wie sie waren Stefan, dem Neonazi aus Giovannis Buch, bestimmt noch unangenehmer als Juden.

Ich setzte mich an die Schreibmaschine und fing an. Die Schreibmaschine, eine kleine elektrische Olivetti, hatte mir mein atheistischer Vater zum dreizehnten Geburtstag geschenkt, das war meine Bar-Mitzwa. Stefan, schrieb ich, du bist ein Lügner. Stefan, mit Leuten wie dir diskutiere ich nicht! Du sagst im Ernst, es gab kein Auschwitz? Weißt du, dass in Antwerpen vor dem Krieg achtzehn Menschen lebten, die alle mit Nachnamen Biller hießen und sich im Winter 1943 in Nichts auflösten? Und was ist mit meiner Familie aus Kiew, die heute im Sand von Babi Yar liegt? Ihre Knochen gibt es noch. Viele Deutsche denken wie du, ich weiß. Ihr glaubt, Juden sind intelligenter als ihr, darum hasst ihr sie. Was dich angeht, ist es nicht schwer, klüger zu sein. Und tut mir wirklich leid, dass es mich gibt. Ein Beweis dafür, dass der Holocaust eine jüdische Erfindung ist?

Zweihundert Mark. Genug Geld, um zwei Wochen davon zu leben. Dafür hatte ich mich auf ein Thema eingelassen, das mir egal war. Vielleicht war es mir nicht egal, aber was gab es dazu Neues zu sagen? Ich kriegte es trotzdem gut hin. Ich war wütend, logisch, beleidigend, betroffen. Ich hätte lieber Fußball spielen gehen sollen.

18

Giovanni hatte ein Gesicht wie gemalt, eine weiche, nervöse Stimme, und am Telefon war er immer unter Druck. Er arbeitete so viel, wie andere Leute ans Nichtstun dachten. Etwas lag ihm am Herzen, aber man erriet nicht, was. Er war freundlich – aufrichtig freundlich –, und wenn er einem die Hand gab, hatte man in den Sekunden danach ein kurzes Glücksgefühl. Dieser Mann mag mich, dachte ich, dieser Mann versteht mich, ich will öfter in seiner Nähe sein.

Das erste Mal zerstritten wir uns, weil er auf einer Party in Bogenhausen zu mir sagte, die deutschen Juden der Vorkriegszeit hätten mit dem Teufel aus einer Suppenschüssel gegessen, die meisten von ihnen seien doch auch Nationalisten gewesen. Ich weiß nicht, ob er wusste, was er sagte, aber es gefiel mir nicht. Ich ließ ihn kaum ausreden, und danach beschloss ich, dass ich mit ihm nicht mehr sprechen will. Das war furchtbar idiotisch von mir – aber inzwischen hatte ich die ersten antideutschen Artikel geschrieben, und ich trug einen jüdischen Stolz mit mir herum, aus dem man, wäre er aus Metall gewesen, hundert Kanonenkugeln hätte machen können. Bald redeten wir wieder miteinander, weil Giovanni mir im Schumann's überraschend die Hand gab. Sofort war das Glücksgefühl wieder da, und ich war beruhigt.

1992 – wir sahen uns einmal im Jahr, meist zufällig – rief ich ihn an, als ich hörte, er plane etwas gegen die Leute, die türkische und vietnamesische Häuser anzündeten. Ich war kein Türke und kein Vietnamese, trotzdem schwankte gerade der Boden unter mir. Ostdeutschland war schon in der Hand der Rechten, jetzt war der Westen dran. Sie machten es wie die Vietcong. Sie tauchten überraschend hier, dann dort auf, und niemand wusste, wo sie nächstes Mal zuschlagen würden. Jeden Tag war ein brennendes Haus in den Nachrichten, und wenn ich mit dem Zug von München nach Frankfurt oder Leipzig fuhr, rasierte ich mich sorgfältig, damit meine Wangen glatt und unausländisch wirkten. Die Rechten reisten immer mit, sahen aber nicht immer wie Bundeswehrsoldaten aus. Ich beobachtete meine Mitreisenden aus den Augenwinkeln, und kaum war ich zu Hause, hatte ich eine neue Idee für einen meiner bösartigen Artikel.

Was war Giovannis Plan? Tausende Münchener sollten sich in einer Winternacht mit Kerzen auf die Straße stellen, und der Satz des Abends wäre »Eine Stadt sagt Nein«. Ich fände die Idee toll, sagte ich ins Telefon zu Giovanni, der noch sehr spät in seinem Büro bei der Süddeutschen Zeitung saß, doch das stimmte nicht, weil ich an die Fackelshows von Goebbels denken musste. Wirklich toll, wiederholte ich, wenn Deutsche selbst das schmutzige Geheimnis der Rechten lüfteten. Aber vielleicht wäre es besser, die Loyalität mit den Angegriffenen etwas konkreter auszudrücken, ähnlich wie damals die Franzosen, als jeder zweite in Paris einen Button trug, auf dem stand »Touche pas à mon pote!«. »Hm-hm«, sagte Giovanni müde, »sehr interessant« – und ignorierte mich von da an sieben Jahre lang. Im achten Jahr brachte ich das *Deutschbuch* heraus, in dem alle meine antideutschen Artikel abgedruckt waren, und ich bat jemanden vom Verlag, ihn zu fragen, ob er mit mir darüber in der Schaubühne in Berlin ein Gespräch führen wolle. Er sagte Ja.

»Wenn ich Deutschland so furchtbar fände wie du«, fing Giovanni an, »würde ich weggehen.« Das hörte ich oft, aber die zweihundert Leute in der Schaubühne fanden, ich hätte es nicht oft genug gehört, und sie applaudierten. Und wie fand Giovanni Deutschland? War er gern hier? Ich habe ihn das nicht gefragt, denn ich war damit beschäftigt, ihm und den zweihundert Leuten zu erklären, dass ich natürlich weggehen könnte. Aber dann, sagte ich grinsend, wäre ich ein Emigrant, und ein Emigrant könne im Ausland nur Schlechtes über das Land erzählen, das er verlassen musste. Die Zweihundert scharrten wütend mit den Füßen.

Noch ein paar Jahre später, Giovanni war Chefredakteur der Zeit, erzählte er mir von einem Jungen aus Rom, dessen Vater Italiener war und die Mutter Deutsche, und dann musste der Junge mit der Mutter nach Hannover ziehen. Wo waren die ockerfarbenen Hauswände von Trastevere geblieben? Wer wusste hier, mit welchem Satz Curzio Malapartes *Haut* anfing? Der Junge hatte sehr schwarze Haare, einen sehr schnellen Kopf und war sehr ausdauernd. Er ging durch die Vorstadt von Hannover, wo ihn tausend graue Fenster so böse ansahen, als hätte er ihnen etwas getan, er ballte die Faust und sagte leise zu sich selbst ein paar Sätze, die weit in seine Zukunft wiesen. In dieser Zukunft befand er sich jetzt, und er wollte, dass ich es wusste.

Ich hatte Giovanni im Atlantic abgeholt, wo er am Anfang seiner Zeit-Tage in Hamburg wohnte. Wir tranken in einem schlechten Café am Schulterblatt Tee, danach kam Nomi vorbei, und wir unterhielten uns zu dritt. Er fand es richtig, dass sie Jüdin war, das musste er mir nicht sagen. Und ich musste ihm nicht sagen, wie froh ich war, dass er mir endlich verraten hatte, was ihm seit Jahren auf dem Herzen lag, dass er mir erzählt hatte, wie und warum bei ihm alles so wurde, wie es war.

Wir würden beide nie aus Deutschland weggehen, keine Chance.

19

Ich saß von neun bis fünf, von Montag bis Freitag hinten rechts in einem langen, engen, niedrigen Raum, in dem auch tagsüber die Neonröhren brannten, und ich hatte mit fast jedem in diesem Raum ein Problem. Das war im Herbst 1983 so, und im Frühjahr 1984 war es immer noch so, und in der Zwischenzeit schrieb ich ein paar Erzählungen, die ich heute keinem zeigen würde. Ich schrieb sie an den Wochenenden zu Hause. Danach ging es mir besser, und wenn ich am Montagmorgen von der S-Bahn am Marienplatz zum Altheimer Eck ging, wo in einem windigen Hinterhof das kleine, schiefergraue Gebäude der Journalistenschule lag, dachte ich an meine Erzählungen wie an Mädchen, die mich umarmt hatten.

Gleich um die Ecke war die Süddeutsche Zeitung, drei Häuser weiter die Abendzeitung. Herbert Riehl-Heyse kam jede Woche zu uns in die Klasse und wollte, dass wir ironisch schrieben, und wer das nicht konnte, spürte zum Glück nichts von seiner überlegenen Ironie. Hans-Ulrich Kempski war da und sagte: »Fangt gleich mit dem Anfang an!« Wolf Schneider machte uns verrückt mit seinem Genauigkeitswahn, Ponkie wollte, dass wir so tun, als wären wir Filmkritiker, mit Udo Flade erfanden wir Schlagzeilen über unaufgeklärte Sexualmorde und die Wahl in Amerika. Ich wusste nicht, was ich von dem Ganzen halten sollte. Da fehlte etwas, das tiefer saß – bei mir. Unsere Lehrer waren oft klüger als unsere Eltern, aber wenn ich etwas sagte, verstanden sie mich nicht.

Ich war sehr unruhig. Die Tage gingen viel zu langsam vorbei, und abends musste ich in meine Olivetti das grüne Papier der Journalistenschule spannen und Reportagen und politische Kommentare schreiben. Ich wurde noch unruhiger, aber ich verstand nicht, dass ich unruhig war, und stritt mich immer öfter mit den anderen aus meiner Klasse. Sie kamen von weit her, aus Heidelberg, Kiel und Nördlingen, aber keiner war im Ausland geboren. Sie trugen keine Anzüge oder Hemden mit Paisleymuster, und ich hatte noch nie einen von ihnen im Venezia gesehen. Und Nina war auch nicht mehr da. Wir hatten uns bei der Aufnahmeprüfung kennengelernt; sie war aus Berlin, und ihre Eltern bezahlten ihr ein Zimmer im Bayerischen Hof, wo ich sie am ersten Abend für ein paar Stunden besuchte. Am zweiten Tag der Prüfung kam sie aus dem großen Saal im dritten Stock mit einem Gesicht heraus, mit dem sie mich im Halbdunkel ihres Hotelzimmers erschreckt hätte. »Das hier ist nichts für mich«, sagte sie und fuhr nach Berlin zurück. Nina wirkte wie ein Mensch, für den Metaphysik ein Wort ist, mit dem man keine Witze macht, aber nach ein paar Wochen in dem langen, engen Raum wäre ich von ihr bestimmt auch enttäuscht gewesen.

Es musste um Sachen gehen, die mir wichtig waren, aber alles war wie vom Nebel verdeckt. Nach zwei Monaten verzog sich der Nebel kurz. Im Stadtmuseum hingen Bilder aus dem Warschauer Getto, die ein deutscher Fotograf heimlich gemacht hatte. Er fotografierte vor allem Soldaten. Sie standen vor dem Entlausungszelt, neben langen Gruben, in denen viele Tote übereinanderlagen, und einer von den Deutschen würde gleich für ein paar Tage nach Hause fahren. Er rauchte eine Zigarette, der Wind zauste sein Haar, und auf der Ladentür hinter ihm, neben der Juno-Reklame, stand: »Wegen Kriegseinsatz bis zum Sieg geschlossen.« Im nächsten Raum dann das Getto. Die Menschen, die über die Straßen taumelten, blieben stehen und sahen erstaunt in die Kamera. Ich hatte noch nie solche Blicke gesehen. Ich stand vor diesen Bildern und versuchte, auch so erschöpft und verwirrt zu gucken. Zu Hause nahm ich ein grünes Manuskriptblatt, spannte es in die Schreibmaschine und schrieb: »Der Holocaust ist heute so weit weg wie der Dreißigjährige Krieg.« Die Kunstkritikerin der Süddeutschen Zeitung, die uns in die Ausstellung geschickt hatte, schrieb darunter: »Seien Sie nicht so streng mit uns.«

Ich wurde immer nervöser. Der Krieg und Hitler waren mir egal – aber wenn ich darüber schreiben musste, fiel mir sofort etwas ein. Wieso? Ich begann, zu spät zu kommen, wenn ich in die Journalistenschule musste, und lachte über schwache Bemerkungen der anderen. Meist war ich ungerecht, und wenn ich im Recht war, hätte ich mir mein Lachen sparen können. Einer von ihnen sagte zu mir, als wir in Berlin durch die Werkstatt der Preußischen Porzellanmanufaktur liefen, diese Öfen wären genau das Richtige für mich. Außer mir hatte das keiner gehört, und als ich es den anderen erzählte, glaubten sie mir nicht. So jung und schon so viel Angst vor Schwierigkeiten! Nach dem Unterricht liefen sie nach vorn, wo der Chefredakteur des Stern oder des FAZ-Magazins saß, und fragten nach der Telefonnummer. Aber als es darum ging, bei welcher Zeitung sie später das Praktikum machen würden, entschieden sie sich für Kiel und Nördlingen. Ich wollte nach New York und vielleicht beim Aufbau hospitieren. Und in Israel gab es immer noch die Jüdischen Nachrichten. Einmal in der Woche acht schlecht gedruckte Seiten mit verwischten, tiefschwarzen Lettern, ein Deutsch, das keiner mehr sprach. Dort würden sie sogar meine Kurzgeschichten bringen.

20

Er hieß Müller-Essleben, aber alle nannten ihn Radio-Müller. Seinen Vornamen weiß ich nicht mehr, ich kann weder sein Gesicht noch seine Stimme beschreiben, aber ich glaube, dass er einen dunklen Anzug, eine rote Krawatte und ein weißes Hemd anhatte. Er nickte, und der Tontechniker hinter der Glasscheibe drückte auf den Knopf. Wir hörten eine tiefe, unpersönliche Stimme

Sätze sagen, die wir schon tausendmal gehört hatten. Reagan, Schmidt, und in Polen erstickten hundert verschüttete Bergleute in einem Schacht. Es sollte wieder schneien, die Temperaturen würden steigen, kaum Wind. Das Tonbandgerät stoppte, und das Bandende schlug flatternd gegen die Spule.

»Was«, sagte Müller-Essleben stolz, »fällt Ihnen ein, wenn Sie das hören?« Er machte beim Bayerischen Rundfunk jede Stunde die Nachrichten, was ihn sonst interessierte, wussten wir nicht. Wir sahen ihn heute zum ersten Mal.

»Klingt wie Stimme der DDR«, sagte ich.

Er ignorierte mich, aber zehn Minuten später stand er plötzlich vor mir und schrie. »Was wollen Sie hier? Warum gehen Sie nicht zurück nach Israel, wo Sie herkommen?!«

Ich sagte nichts und ging aus dem Aufnahmestudio. Auf dem Gang rauchte ich eine Zigarette. Aus dem Fenster sah ich auf die Marsstraße herunter, der Schneematsch war braun und grau, und jedes vorbeifahrende Auto machte ein Geräusch wie reißendes Papier. Niemand kam. Ich rauchte noch eine Zigarette und ging nach Hause.

Unser Direktor war ein kleiner, dünner, fröhlicher Mann. Am Ende meiner Zeit an der Journalistenschule sagte er zu mir, dass es ein Fehler war, mich aufzunehmen. Jetzt sagte er, wenn ich mich nicht entschuldigte, würde der Sender keinen Einzigen mehr von uns ins Funkhaus reinlassen, das habe Müller-Essleben gesagt. Er lachte eingebildet und unsicher. Ich sagte, ich würde mich trotzdem nicht entschuldigen. Ich ging aus dem Zimmer des Direktors, und die Sekretärin schaukelte ihren alten Kopf wie ein Kamel, das schon zu viel erlebt hatte, um von etwas überrascht zu sein. Sie hörte mit dem Schaukeln auf und fragte mich, warum es für mich so wichtig sei, dass ich Jude bin. Ich sagte, für sie sei es bestimmt wichtiger.

Mein Vater meinte, als er mich ein paar Wochen später vom Dammtor abholte, ich hätte nichts anderes tun können. Ein Jude durfte sich nichts gefallen lassen, das war die Mitzwe der Gottlosen. In der Schule hatten sie aufgehört, mich komisch anzusehen, jetzt waren Ferien, und danach wäre wahrscheinlich alles vergessen. Ich war in Hamburg, und München war acht Stunden Zugfahrt entfernt. Ich schlief in meinem Kinderzimmer, las zum dritten Mal *Portnoys Beschwerden* und überlegte mir die Handlung für einen Roman, der besser werden sollte als der davor. Ein jüdischer Schriftsteller erfährt, dass sein Großvater ein Deutscher und ein Nazi war, und die Frau, die er liebt, ist eine große, rotwangige Hamburgerin. Sie fragt ihn eines Tages, warum er immer nur über Juden schreibt. Er antwortet: Hat Goethe über die südliche Mongolei geschrieben? Ich spannte ein weißes Manuskriptblatt in die IBM meiner Eltern und tippte: »Danach nagelte er sie an die Wand.«

Ich hatte die Sache mit Müller-Essleben fast vergessen. Ich schrieb jeden Tag zwei Seiten von meinem Romanexposé, und nachmittags lief ich über den windigen Campus der Hamburger Universität, wo früher die ärmlichen Mietshäuser standen, in denen die jüdischen

Dienstboten der jüdischen Großbürger des Grindelviertels gelebt hatten. Wir wohnten direkt daneben, in einer schönen, stillen Straße, in der früher zwei Synagogen waren, eine jüdische Mädchenschule und eine Jeschiwa. Frau Habersaat unter uns zog ausgerechnet 1938 ein, und auf dem Dachboden unseres Hauses versteckte sich nach dem Krieg Ribbentrop. Das alles musste in meinem Roman vorkommen.

Als ich nach Hause kam und die Tür aufmachte, sagte mein Vater lachend: »Ich hab mit Radio-Müller telefoniert. Zuerst rief der Direktor an, dann er. Er ist ein großer Freund des jüdischen Volkes, und wusstest du, dass er früher Korrespondent in Israel war? Du musst dich nicht mehr entschuldigen. Ihm tut es sehr leid.« Ich stieß Luft durch die Nase aus wie ein alter Mann. Dann ging ich nach hinten in mein Zimmer, setzte mich an den Tisch und machte die Schreibmaschine an. Ich machte sie wieder aus und legte mich hin. Fünfzehn Jahre später hörte ich, dass Müller-Essleben entlassen wurde. Er arbeitete für den BR als Korrespondent in Rom und schrieb alle seine Berichte wörtlich aus italienischen Zeitungen ab.

21

Ich fuhr, statt im Grindelviertel herumzulaufen, zu Gabriel Laub in den Abendrothsweg. Er sagte immer, ich solle ihn besuchen, wenn ich in Hamburg bin, aber meistens vergaß ich es. Manchmal rief ich ihn aus München an – an seinem Geburtstag, oder wenn ich wissen wollte, ob Marschall Pilsudski ein Antisemit war oder welches Buch Karel Poláček schrieb, während er auf den Abtransport nach Theresienstadt wartete. Gabriel Laub wusste immer alles, und wenn ich meine Antwort hatte, fing das Telefonat erst an. Er redete, und ich hörte zu, mehr war nicht drin. Es ging oft um Marcel Reich-Ranicki, der seine Bücher ignorierte, oder er machte sich über Ephraim Kishon lustig. Ohne Friedrich Torberg wäre der in Deutschland bekannt wie Jankel Rosenstein, sagte er. »Wer?«, sagte ich. »Eben«, sagte Gabriel Laub und lachte ins Telefon. Laub wäre gern so erfolgreich wie Kishon gewesen – und so gut wie Torberg, sein Übersetzer, von dem ich nur den Selbstmörderroman *Der Schüler Gerber* kannte. Erst später entdeckte ich *Die Tante Jolesch*, das komischste jüdische Buch, das auf Deutsch geschrieben wurde. Laub kannte es natürlich, aber er erwähnte es nie – als ob er nicht wollte, dass ich Torberg mit ihm verglich. Wenn wir endlich auflegten, war ich froh, aber es gibt nur drei abgemeldete Telefonnummern, die ich bis heute auswendig kann: unsere alte Nummer in Prag, meine alte Nummer in München – und die von Gabriel Laub, der seit zehn Jahren nicht mehr lebt.

Ich stieg am Grindelhof in den 102er und fuhr die Hoheluftchaussee hoch. Es regnete den ganzen Nachmittag, und der Regen tanzte jetzt schon durch die tiefen Pfützen. Im Bus war es totenstill. Man hörte nur den leise schnaufenden Motor und das Klacken des Blinkers, und die Passagiere taten alle so, als schauten sie weg. Weg von was? Die Leute in Hamburg guckten immer zur Seite, und ich war mit zwanzig nach München gezogen, weil ich dachte, dass es dort anders sei. Auf dem Weg vom Bus zu Laubs Wohnung wurde ich nass, und der Wind pfiff aus allen Richtungen. Laub stand dick und schwer atmend in der Tür und lächelte. »Ich habe Suppe gemacht, davon wird dir warm«, sagte er.

Er erzählte mir von seinem neuen Buch. Ein Mann und ein Vogel unterhalten sich über Sachen wie Ehe, Geld oder Krieg. »Ein bisschen wie die platonischen Dialoge«, sagte er. Ich guckte skeptisch. »Na gut, nicht wirklich.« Wir saßen im Wohnzimmer an dem großen Esstisch. Die Tischdecke war wie immer weiß, und in der Mitte stand eine weiße Terrine mit Kartoffelsuppe, aber ich trank Tee aus einem Teeglas, weil ich keinen Hunger hatte.

»Ich glaube, es sollten nicht mehr als dreißig Geschichten in dem Buch sein. Was meinst du?«

Ich hatte keine Ahnung. Ich war dreiundzwanzig, hatte viel zu schnell Germanistik studiert und Ärger auf der Journalistenschule. Und er redete mit mir, als wäre ich sein Verleger. Was ich wusste, konnte ich ihm nicht sagen. Ich fand, er war kein guter Schriftsteller, seine Satiren waren nicht komisch, und die Leute liebten ihn nur für sein engelhaftes Lächeln, seine altmodischen polnischen Manieren und die jüdischen Witze, die er ständig erzählte – so wie mein Vater, mit dem er sich nach dem Krieg in Prag angefreundet hatte. Wenn die beiden bei uns oder bei ihm zusammen waren, folgten auf einen Witz drei andere, und ihre deutschen, tschechischen und polnischen Freunde wollten dann gar nicht mehr gehen. Laub und mein Vater standen auf einer kleinen, engen Bühne mit abfallendem Boden, und ihr Stück hieß *Die Davongekommenen lassen lachen*. So sah ich es damals, heute sehe ich es nicht viel anders. Sie wussten das auch, glaube ich, aber ihr Leben war kompliziert genug, und mit Zweifeln wollten sie sich nicht aufhalten. Man mag uns? Gut. Ist doch egal, wieso.

»Noch Tee?«, sagte er.

»Ich muss bald gehen«, sagte ich.

»Willst du Bücher? Die Regale sind wieder voll, und ich träume, dass die Bücher nachts, wenn ich schlafe, miteinander Mazurka tanzen.«

»Ich weiß nicht.«

»Es müsste etwas von Malamud dabei sein. Den magst du doch.«

»Schicken dir die Verlage immer noch so viele Rezensionsexemplare? Du schreibst doch gar keine Kritiken mehr.«

Er steckte sich mit seinem goldenen Dunhillfeuerzeug eine Zigarette an und antwortete nicht.

»Soll ich dir die ersten drei Vogelgeschichten mitgeben?«, sagte er. Er stand so langsam auf, dass man ihm dabei zusehen konnte.

»Das wäre gut«, sagte ich, »ja, warum nicht.«

Draußen regnete es immer noch. Als ich vom Abendrothsweg in die Hoheluftchaussee einbog, stieß mich der Wind fast um. Im Bus las ich ein paar Zeilen in Laubs Manuskript, dann steckte ich es weg.

22

Laub war in Polen geboren, vor den deutschen Soldaten floh er mit seiner Familie nach Lemberg. Später mussten sie nach Samarkand, wo er die Schule zu Ende machte, und kaum waren sie 1946 nach Hause zurückgekehrt, ging es wegen der polnischen Nachkriegspogrome weiter nach Prag. Deutsch war seine vierte Sprache. Seine Mutter sprach polnisch mit ihm, ich tschechisch, meine Eltern und er unterhielten sich auf Russisch. Im August 1968, nach der Besetzung der Tschechoslowakei, kam er nach Hamburg und wurde gleich so bekannt, wie er es in Prag nie war. Erst wurde er übersetzt, aber bald schrieb er selbst deutsch. Hanser brachte seine Aphorismen und Satiren heraus, die Zeit und die Welt am Sonntag stritten sich um seine Manuskripte. Nach einem Jahr zog er in die große Wohnung am Abendrothsweg, und fast jeden Abend kamen Leute und aßen Suppe mit ihm. Wenn alle weg waren, ging er in sein Arbeitszimmer zurück. Dort war alles, was er brauchte. Auf dem Schreibtisch stand seine alte schwarze Remington, die Bücherregale gingen bis an die Decke, und das Bett, in dem er mit seinen Freundinnen schlief oder bis drei Uhr früh Krimis las, war nie gemacht. So wollte ich auch leben.

Als der Bruch kam, war Gabriel Laub der Einzige, der es sofort merkte. Die anderen merkten es später oder nie. Statt in der Zeit schrieb er nur noch im Hamburger Abendblatt, und seinen Roman *Aufstand der Dicken* verkaufte er an einen Verlag, der selbst Kishon zu billig gewesen wäre. Laub nahm ab. Er arbeitete immer weniger, und sein Lächeln war das eines Menschen, der froh ist, dass der Schmerz nachlässt. Das war in den frühen Neunzigern. Der Prager Frühling interessierte keinen mehr, und ein witziger, gebildeter, vielsprachiger Jude wie Laub, den Hitler nicht erwischt hatte, war weniger aufregend als Leute wie Botho Strauß oder Ernst Nolte, die sagten, man solle den Stein der deutschen Geschichte hochheben und nachsehen, was sich darunter verbarg. Vielleicht fehlte Gabriel Laub aber auch einfach nur seine Mutter, die ein paar Jahre vorher in Tel Aviv gestorben war, und er wollte zu ihr.

Als ich im April 1993 in Hamburg im Literaturhaus las, gab es hinterher eine Party bei meinen Eltern. Es kamen fast nur Leute, die so alt waren wie ich und noch nicht wussten, in welcher Zeit sie gerade lebten. Laub war auch da. Er saß dünn und traurig den ganzen Abend allein auf dem Sofa im Arbeitszimmer meines Vaters, und ich redete kaum mit ihm. Nachdem alle gegangen waren, unterhielten wir uns kurz darüber, wann er endlich seine Erinnerungen schreiben würde. Er hatte Lust. Er wusste aber nicht, ob er es tun sollte, und schon gar nicht, ob er es könnte. Drei Monate später hatte er den Vertrag, aber er schrieb das Buch nicht mehr, und mein Verlag verlor das Geld, das er ihm überwiesen hatte. Ich fand, das war nur gerecht. Der gebrauchte Jude verweigerte endlich einmal seinen Dienst.

23

Im Zug nach München dachte ich nach. Draußen war Deutschland, und drinnen war ich. Wir fuhren an Häusern vorbei, die so nah an den Gleisen standen, dass man in die Fenster hineinsehen konnte; wer hier wohnte, war verloren. Große schwarze Felder wechselten sich mit Industrieanlagen und Großmärkten ab, dann kamen eine Brücke und ein Fluss mit einem Wasserlauf wie aus Altmetall. In der Ferne standen Hügel, und auf den Hügeln standen riesige Masten mit kleinen, roten, blinkenden Lichtern. Es war mitten am Tag, aber die Sonne schien auch heute wieder nicht, sie war nur eine weiße, schwimmende Scheibe hinter einer hellgrünen Dunstwolke.

Ich hatte mir in Hamburg einen Roman ausgedacht, aber ich wusste, dass ich ihn nie schreiben würde. Die Geschichte hatte nicht den richtigen Dreh – und der Held nicht einmal einen Namen. Ein Nazi versteckt während des Kriegs in seiner Wohnung im Grindelviertel eine Jüdin, die dafür mit ihm schlafen muss. Sie bekommen zusammen eine schöne, kalte Tochter, später bekommt auch sie von einem Deutschen einen Sohn, und das ist mein Held. Ist er Jude oder Deutscher? Wird er am Ende nach Israel oder New York gehen? Er lässt sich beschneiden, er überfällt eine Bank, er plant einen Roman. Alles fast wie ich. Sein bester Freund Benny Ohrenstein – wieso hat der einen Namen? – ist längst in New York. Er ruft ihn an und sagt, er solle endlich kommen, in New York gäbe es mehr Geld als in Deutschland schlechte Gedanken und genauso viele hübsche Jüdinnen wie in Tel Aviv. »Gut«, sagt der Held ohne Namen, und natürlich rauscht es in der Telefonleitung, »aber wir bleiben nicht ewig in Amerika. Später ziehen wir weiter nach Israel.«

Als wir in Nürnberg rückwärts aus dem Bahnhof wieder rausfuhren, saß ich endlich in der richtigen Richtung, und draußen schien die Sonne. Die Hügel schoben sich dicht an die Gleise heran, Wälder und Wiesen überall, dazwischen funkelten schmale, gewundene Bäche wie Perlenketten. Wir waren immer noch in Deutschland. Die Leute im Abteil fingen an zu lächeln. Jemand kam mit Tee und Kaffee vorbei, klingelte und sprach ein Deutsch, das ich mochte. »Grüß Gott«, sagte ich, »ich hätte gern drei Stück Zucker.«

Wer weggeht, will so tun, als habe es ihn vorher nicht gegeben. So kann man natürlich nicht leben – und auch nicht schreiben. Ich erinnerte mich daran, wie ich vor zwei Jahren beschlossen hatte, in Deutschland zu bleiben und nicht mehr von Israel zu träumen. Diesen Gedanken hatte ich seitdem tausendmal gehabt. Ich hasste ihn, aber er war richtig. Warum sollte der Held ohne Namen etwas tun, das ich nicht tun würde? Israel oder Amerika, dazu fiel mir nichts ein. Zwanzig Seiten Exposé waren mehr als genug. Juden – gern. Flucht aus Deutschland – auf keinen Fall. Davon konnten die jungen Deutschen in ihren Filmen und Büchern träumen, in denen es nach Trüffeln, Espresso und Kokosmilch roch. Ich musste über das schreiben, was hier war, und das würde wehtun.

Zumindest das Motto, das ich auf die erste Seite des Exposés geschrieben hatte, war brauchbar, aber ich hatte es ja auch von Saul Bellow. »Wenn ich ein Jahr in Deutschland zubrächte, würde ich nur an eins denken«, sagt Humboldt Fleischer auf Seite 64 meiner zerlesenen dtv-Ausgabe von *Humboldts Vermächtnis* erregt zu Charlie Citrine. »Zwölf Monate lang wäre ich ein Jude und sonst nichts. Ich kann mir nicht leisten, dafür ein ganzes Jahr herzugeben!« Das konnte man so oder so verstehen.

24

Fredi holte mich vom Bahnhof ab, und wir fuhren direkt ins Venezia. Es wurde Frühling. Die Pappeln auf der Leopoldstraße waren wieder so grün wie letztes Jahr und die hundert Jahre davor, und sie begrüßten mich mit einem sanften Schaukeln. Es wehte ein leichter, warmer Wind, der langsam dahintreibende Himmel war blau wie das Meer vor Sorrent, in den Straßencafés klirrten Gläser und Teller. Wären wir mit dem Fahrstuhl ins oberste Stockwerk des Hertie-Hochhauses gefahren, hätten wir von dort ein paar Dreitausender gesehen.

»Ich hab die ganze Nacht nicht geschlafen«, sagte Fredi.

»Warum?«

»Du darfst es niemandem erzählen.«

»Du warst so nah dran wie noch nie, bist aber schon wieder nicht gekommen?«

Er lachte. »Ich hatte eine Idee. Eine wahnsinnige Idee. Alles wird anders!«

»Sag mal.«

»Ich kann endlich wieder weggehen.«

»Zurück nach New York?«

»No na, nach Tirana werde ich auswandern … Aber ich werde auch viel in der Schweiz sein.« Er zog seine zusammengewachsenen Augenbrauen hoch und sah wie das kleine, nervöse Männchen aus, das er nach seinem Vorbild in seinen Cartoons zeichnete. »Es geht um einen riesigen Koffer Geld. Und um Uhren.«

»Um Uhren?«

»Wie es sie noch nie gegeben hat!«

Fredi stammte aus Wien, aus Verhältnissen, die so trüb waren wie die gestickten Blumenbilder, die man auf dem Flohmarkt am Arconaplatz für einen Euro kriegt. Er kam wie ich im Sommer 1980 nach München, und wir wurden sofort Freunde. Er brachte mir bei, »no na« und »leiwand« zu sagen, und ich verriet ihm als Einzigem, dass die englischen Texte meiner Lieder keinen Sinn machten. Jetzt waren wir nicht mehr so gute Freunde, aber wenn wir uns trafen, war es fast wie früher. Einmal war ich mit ihm in Wien gewesen, und ich kam mir wie in einem Prag vor, das ich nicht kannte. Wir machten ständig Witze, aber das machten wir auch in München, wir aßen nachts um elf Buchteln im Café Hawelka, und Fredi zeigte mir die Wohnung, in der er aufgewachsen war. Er und seine Schwester teilten sich – bis sie auszogen – ein Zimmer mit einer Faltschiebetür aus grauem Kunststoff. Die Eltern schliefen im Wohnzimmer auf der ausklappbaren Couch, und alle Möbel waren braun, das Waschbecken im Bad auch. Wenn man hinausschaute, sah man auf eine breite, tote Straße, wo ein paar Autos parkten, die fast alle unter einer grauen Plane steckten.

Im Schtetl wäre Fredi Brodmann einer von denen gewesen, die unbedingt rauswollen – und wenn sie draußen sind, nicht mehr genau wissen, was sie dort sollen. Er hatte Grafik in New York studiert, viel weiter weg vom 15. Bezirk kann man nicht sein. Es war zu weit. Er zog nach München, weil es wie Wien war, er hier aber nicht weggucken musste, wenn sich seine Schwester nachts vor dem Schlafengehen umzog. Er brachte einen Futon mit, drei Paar Schuhe von Ludwig Reiter und eine Mappe mit Cartoons, in denen es darum ging, dass Männer und Frauen perfekt zusammenpassen – aber nur, solange sie nicht zusammen sind. Jemand von der Abendzeitung hörte, dass ein lustiger Jude aus New York in München sei, und schon war Fredi engagiert. Damals gab es das Woody-Allen-Ticket noch fast umsonst. In Fredis Karikaturen bewarfen sich Begin und Sadat wie ein streitendes Ehepaar mit Tellern und Vasen, und Franz Josef Strauß sprach, wenn er Geheimnisse hatte, jiddisch. Für jeden gezeichneten Witz bekam Fredi dreißig Mark. Darüber konnte nicht einmal er lachen.

»Ich werde der Welt etwas schenken, das es noch nicht gibt – bunte, billige Armbanduhren aus Plastik«, sagte Fredi.

»Sehr witzig«, sagte ich, »wie wäre es mit Antisemiten, die sich nach Gebrauch selbst zerstören? Das wäre wirklich was Neues.«

»Das meine ich ernst.«

»Fredi«, sagte ich, »solche Uhren gibt es schon, von Swatch.«

»Meine Uhren werden mehr als die Zeit anzeigen. Und sie werden mich reich machen – nur mich!«

»Jüdische Uhren? Sie werden andersrum gehen und einem sagen, wann der Messias kommt?«

»Sind nicht alle Uhren jüdisch und gehen von rechts nach links?«

»Wirst du mir einmal nicht mit einer Frage antworten?«

»Und du?«

Ich zahlte, und wir gingen auf die andere Seite der Leopoldstraße zu seinem Auto.

»Nächstes Mal zahle ich«, sagte er.

»Mit Dollars oder mit Schuldscheinen?«

25

Ein paar Monate später war Fredi weg. Ich sah ihn nicht mehr im Venezia oder im Schumann's, aber vielleicht verpassten wir uns bloß. Ich ging eine Weile nicht raus, weil ich jeden Tag von morgens bis abends zu Hause saß und Wort für Wort die misslungene deutsche Übersetzung eines dicken russischen Romans umschrieb – *Leben und*

Schicksal von Wassilij Grossman. Den Auftrag hatte ich von Albrecht Knaus bekommen, dem Vogelbuch-Verleger von Gabriel Laub, weil Laub zu ihm meinte, ich könne das. Ich? Der 23-jährige Student, der in seinem Leben nur drei oder vier Bücher auf Russisch gelesen und noch nie einen fremden Text redigiert hatte? Das Russisch, das ich sprach, hatte ich in der Küche und im Wohnzimmer von meinen Eltern gelernt, und die rief ich jetzt zehnmal am Tag an, um sie nach Worten in Wassilij Grossmans Roman zu fragen, die ich vorher nie gehört hatte. Auf diese Art arbeitete ich mich durch das ganze Buch, zwölfhundert Seiten, Wolga und Stalingrad, das Grauen der Gulags und KZs, Liebe und 42 Grad Fieber, Ikonnikow, der Priester, der nicht mehr glauben will, Jeremenko, der verzweifelte General, Nadja, die schizophrene Tochter von Schaposchnikow, das Leben, die Literatur. Als ich fertig war, war ich um sechstausend Mark reicher – und ich fühlte mich, als hätte ich selbst dieses unglaubliche, volle, dunkle und optimistische Buch geschrieben. Ich war die Hand, die Wassilij Grossman führte. Ich saß in seinem Kopf, während er schrieb. Ich konnte so etwas auch.

Wassilij Grossman aus Berditschew waren – im Gegensatz zu Philip Roth und mir – die Juden lange egal. Herkunft bedeutete für einen wie ihn Sklaverei. Der zierliche, pausbäckige, bebrillte Grossman war mit Begeisterung Sowjetmensch, er vertraute ein halbes Leben lang Lenin und Stalin, die ihn auf Schritt und Tritt von riesigen Wandbildern herab väterlich anschauten, er ging zum Mittagessen in den Schriftstellerklub, er lächelte auf

Maidemonstrationen. Aber dann kam der Krieg, der alle Lügner enttarnte, und Grossman begann seinen dicken Roman zu schreiben, in dem aus Sowjetmenschen plötzlich wieder Menschen wurden und Juden endlich als Juden vorkamen, als ewige Avantgarde des Individualismus und menschlichen Leids. Auch gut. Das wollte ich so nicht machen, aber es war eine Überlegung wert.

Im Sommer 1960 gab Grossman das Manuskript der Zeitschrift Snamja. Ungeschickter wäre nur noch gewesen, wenn er es direkt an den Geheimdienst geschickt hätte. Er bekam zum Glück nie eine Antwort, und sein bester Freund Lipkin versteckte ein Exemplar. Kurz darauf lag Grossman sterbend im Krankenhaus und bat Lipkin, etwas zu tun. Lipkin fasste sich ein Herz – zehn Jahre lang. Erst 1974 gab er die drei hellbraunen Mappen an jemanden weiter, der sie an jemanden weitergab, und nun war der Germanist Efim Etkind dran, der ungefähr zur selben Zeit einmal bei uns in Hamburg übernachtete und nachts leise an die Tür meiner Schwester klopfte. Auch Etkind brauchte noch mal ein paar Jahre, bis er einen russischen Exilverleger in Lausanne davon überzeugen konnte, dass *Leben und Schicksal* ein neues *Krieg und Frieden* sei. Wie aufregend! Ein Buch, das vom KGB gestohlen wird. Ein Buch, das verschwindet. Ein Buch, das wieder auftaucht, als wäre nie was gewesen. Würde ich eines Tages auch ein solches Buch schreiben, hätte ich mehr erreicht, als ich mir vorstellen konnte.

26

Sechs Wochen später fuhr ich in den Verlag in die Neumarkter Straße. Das Manuskript steckte in meinem alten grünen Pfadfinderrucksack. Ich nahm es vorsichtig raus, zog die Gummibänder ab und legte es stolz vor Albrecht Knaus auf den Tisch. Knaus war groß, freundlich und intelligent. Er hatte das durchgedrückte Kreuz eines ehemaligen Soldaten, und er war in dem Alter, in dem jüdische und deutsche Männer anfangen, einander ähnlich zu sehen. Etwas, dachte ich, muss er während des Kriegs erlebt oder getan haben, das er nicht vergessen will, wahrscheinlich im Osten. Er war verrückt nach Juden, Russen und Antikommunisten, und er dachte bestimmt, ich sei alles in einem. Während wir über Solschenyzin, Pasternak und Bulgakow redeten, nahm er das Deckblatt von dem hohen Papierstapel, betrachtete es etwas zu lange und lächelte zufrieden. »*Leben und Schicksal*«, sagte er, »klingt das nicht zu abstrakt?«

Dann gab er mir einen neuen Auftrag. Ich sollte die Autobiografie eines tschechischen Dissidenten lesen und sagen, was ich davon hielt. Warum vertraute er mir? Hatte er mal in der Ukraine eine Massenerschießung beobachtet? War Gabriel Laubs jüdisches Wort Gesetz für ihn? Ich war immer noch 23 und Student, und von meiner Version des Grossman-Romans kannte er bis jetzt kein einziges Wort. Das neue Buch, das er mir mitgab, war von Pavel Kohout, dem Dramatiker, der Ende der vierziger Jahre in Moskau an der Prager Botschaft als

Kulturattaché gearbeitet und meinem Vater die größte Niederlage seines Lebens zugefügt hatte. Damals war Kohout noch für Stalin, mein Vater nicht mehr. »Klar«, sagte ich und schob das Manuskript in meinen Rucksack, »mache ich gern.« Und ich beschloss, in meinem Gutachten zu schreiben, dass Kohouts Buch nichts tauge, egal, wie gut es sei.

Albrecht Knaus ist vor zwei Jahren gestorben, mit 94. Er war schon lange nicht mehr Verleger. Aber er hatte bis zum Schluss viel gelesen, und ich sah ihn bei jeder Lesung, die ich in München machte, in der ersten Reihe sitzen. Als mein Roman verboten wurde und ich mir ein paar Tage lang wie Wassilij Grossman vorkam, schrieb er mir, er wisse, wie ich mich fühlte. Einen solchen Brief bekam ich von niemandem sonst. Knaus hatte aber auch auf die Rückseite von *Leben und Schicksal* den Satz schreiben lassen, Grossman habe schon während des Kriegs die verblüffende Verwandtschaft von Nationalsozialismus und Sowjetregime entdeckt. Das habe ich ihm nie verziehen.

27

Fredi ging wirklich nach New York – so wie Benny Ohrenstein aus meinem ungeschriebenen Hamburgroman. Wir haben nie wieder miteinander gesprochen, aber ich weiß, dass er dort eine Firma hat, die *Parallel Worlds* heißt. Das klingt wie der Titel eines finsteren, lauten, etwas zu langen Hollywoodfilms, in dem sich jemand einen Computerchip in die Schläfe einnähen lässt, damit er sich durch sein kompliziertes Leben von Programm zu Programm klicken kann, aber am Ende geht es ihm noch schlechter als vorher. Ich hoffe, Fredi geht es besser als vorher. Die Uhren, die *Parallel Worlds* macht, sind aus Plastik, sie sind rot, blau und gelb, und sie sehen wie von Swatch aus, nur billiger.

Den Chip, den sich Fredi einnähen ließ, hätte ich manchmal auch gern. Einmal hätte ich ihn haben können – irgendwann Ende der achtziger Jahre –, aber ich sagte nein. Das war an einem viel zu kalten Sommermorgen im Frühstücksraum des Bayerischen Hofs in München, und Markus, der Tempo-Chef, wirkte so müde und konzentriert wie immer. Er frühstückte, ich sah ihm zu. Wir arbeiteten seit dem letzten Herbst zusammen und hatten uns ein paarmal gegenseitig zur Hölle gewünscht. Darum kannten wir uns gut genug, um zu wissen, dass ein Prager Jude und ein Wiener Nichtjude weniger gemeinsam haben, als ihre mitteleuropäische Art, Sätze zu bauen, vermuten ließe. Der Vater von Markus war Gustav Peichl, der Architekt, der als heimlicher Bürgermeister von Wien in seinem Büro am Opernring saß und Besuchern antiklerikale Witze erzählte. Als ich für Tempo über Kurt Waldheim schrieb, schickte Markus mich zu ihm. Der alte Peichl war ein kleiner, herzlicher, fanatischer Mann, der keinen Widerspruch duldete, und ich begriff schnell, wie schwarz und katholisch ein Wiener Goj sein kann. Im Vergleich zu ihm kam mir der groß gewachsene, ernste Markus wie mein Bruder vor. Wenn wir uns stritten, verschwanden seine Augen noch tiefer in den Höhlen unter seiner Stirn, und ich unterbrach ihn oft. Aber wir waren, bei aller Wut, einander nie böse.

Markus spießte mit der Gabel ein Stück Lachs auf, legte es auf ein Stück Weißbrot und begann, schnell zu essen. »Willst du Korrespondent von Tempo in New York werden?«, sagte er und hörte kurz auf, zu kauen.

»Ich hätte gern einen Orangensaft«, sagte ich, nachdem ich kurz gar nichts gesagt hatte.

»Ja, bestell dir ruhig einen.«

Er aß weiter, ich trank den Orangensaft, und jetzt redeten wir wieder über die Kolumne, die er sich für mich ausgedacht hatte. Ich hatte einen Artikel über einen bis zur Traurigkeit lächerlichen Schauspieler geschrieben, der kein Artikel war, sondern ein Axtschlag. So etwas wollte er von mir jeden Monat haben. Er sagte, die Kolumne würde 100 Zeilen Hass heißen, und ich sagte nicht mehr, ich hätte gern einen Orangensaft, sondern: »Ja. Super. Das finde ich gut.«

»Du schreibst, was du willst«, sagte Markus, »aber es muss immer gegen jemanden gehen, der es verdient hat.«

»No na«, sagte ich, »Roy Black werde ich fertigmachen.«

Er lachte, denn er war Wiener. »Dann schon lieber Wim Wenders, Gräfin Dönhoff oder die deutschen Literaturkritiker, richtig?«

»Genau.«

»Zwei Jahre«, sagte er.

»Zwei Jahre?«

»So lange dauert es, bis du weißt, wie es geht. Und dann wissen es auch die Leute, die deine Kolumne lesen.«

»Okay, zwei Jahre.«

»Und was ist mit New York?«

»Soll ich 100 Zeilen Hass aus New York schreiben, der Hauptstadt des Weltjudentums?«, sagte ich. »Dort würde es mir gefallen. Dort sind alle wie ich.«

Er lachte wieder, aber diesmal mochte ich sein Lachen nicht. »Dann musst du eben hierbleiben«, sagte er.

»Gern«, sagte ich und vergaß, dass ich nur noch Schriftsteller sein wollte. »Sind tausend Mark pro Kolumne okay?«

Schon wieder ein Fehler. Statt in die helle, kosmopolitische Parallelwelt zwischen East River und Hudson River zu verschwinden, wo mich nie einer fragen würde, warum ich immer anderer Meinung bin und ständig über Sex rede, beschloss ich, gebrauchter Jude in Deutschland zu werden. Dass das passieren würde, habe ich in diesem Moment natürlich nicht gewusst. Wie dumm von mir.

28

Die Welt ist voller verrückter Verdrehungen. Heute stand in der Frankfurter Rundschau, Henryk Broder sei ein Berufswahnsinniger. Das klingt wie Berufsjude.

Der Mann, der das über ihn schrieb, ist ein linker und homosexueller Deutscher, da wird er jemanden, den er nicht mag, natürlich nicht einen Juden nennen. Wer weiß, ob man sich nicht in ein paar Jahren hinter einem elektrischen Zaun wiedertrifft, der eine einen gelben, der andere einen rosa Stoff-Fetzen auf der Brust. Berufsjude kommt übrigens von Berufsjugendlicher, und das ist ein Wort, das älter ist, als man denkt. So nannte man in der Nazizeit die dreißigjährigen Funktionäre der Hitlerjugend. Wer den jüdischen Journalisten Henryk Broder einen Berufswahnsinnigen nennt, will also einen HJ-Mann aus ihm machen, einen Nazi. Oder verdrehe ich hier gerade etwas?

Die Verdreher haben viel Phantasie: Was die Israelis in Gaza machen, ist schlimmer als Auschwitz. Genosse Gorbatschow, Sie reden wie Goebbels. Herr Bubis, Sie haben keine Ahnung von Vergangenheitsbewältigung. Ohne den Terror der Bolschewiken hätte Hitler nie Karriere gemacht. Die Pazifisten der dreißiger Jahre machten dem NSDAP-Wahnsinn die Tür auf. Wassilij Grossman entdeckte die verblüffende Verwandschaft von Nationalsozialismus und Sowjetregime. Scharon, der Faschist. Es funktioniert zuverlässig wie ein physikalisches Gesetz: Du sagst als Deutscher zu jemandem, der dir auf die Nerven geht, »Nazi« oder »Du bist schuld!«, du sagst es, wenn er Jude oder Kommunist ist, und danach kannst du selbst nichts mehr für Auschwitz.

Ja, ich war wirklich dumm an diesem kalten Sommermorgen Ende der achtziger Jahre im Bayerischen Hof – ich ging mit erhobenen Händen aus einem Haus, das nicht umstellt war. Wenn ein Jude eine Kolumne schreibt, die 100 Zeilen Hass heißt, dann macht er die Verdrehung freiwillig mit. Hass ist ein Naziwort, und wird es zu seinem Programm, lässt ihn das in den Augen der Verdreher automatisch zu einem jüdischen Nazi werden, in dessen publizistischer Lederjacke zwei Hass-Runen eingenäht sind. Perfekt. Es wird aber noch verrückter und verdrehter: In Deutschland in einer Zeitung jemanden in tausend Stücke zu zerlegen, der zu unrecht wichtig oder berühmt ist, war seit Heines melancholischen Amokläufen ein Job für Juden – oder für solche, die man dafür hielt. Kerr, Jacobssohn, Tucholsky und Karl Kraus. Sebastian Haffner, Marcel Reich-Ranicki. Das hat damit zu tun, dass Diedrich Heßling im Bett liegt und schläft, wenn gerade Aufklärung ist und Monumente des ewigen Absolutismus in Zeitlupe und ohne Ton in sich zusammensacken. Danach wacht Diedrich auf, schüttelt die Daunendecke aus und geht auf die Straße. Und er denkt, nichts ist, wie es war, verdammte Politiker, Juden und Journalisten!

»Tausend Mark pro Kolumne«, wiederholte ich und stand auf. In den Fenstern des Bayerischen Hofs hingen Strohblumen und kleine rote und grüne Lämpchen, die blinkten. Dahinter wurde die Morgensonne gelb, und ich dachte, heute wird es hoffentlich wärmer. »Oder nein, lieber noch etwas mehr.«

»Fünfhundert«, sagte Markus wütend, »ich will erst mal sehen, wie es –«

»Achthundert«, unterbrach ich ihn.

»Siebenhundert.« Seine Augen rutschten wieder tief unter seine Stirn.

»Na gut«, sagte ich.

»Du wirst es nicht bereuen«, sagte er. »Ich freue mich.«

Wir gaben uns die Hand, und wäre ich Bulgakow oder Thomas Mann, würde ich schreiben: Es roch für einen Augenblick nach Schwefel und platzenden Pestbeulen.

29

Das Büro von Marcel Reich-Ranicki war groß und hell und so steril wie ein Arztzimmer. In den hellgrauen Regalen standen ein paar Bücher, auf dem hellgrauen Schreibtisch lagen ein paar Manuskripte, und der hellgraue Anzug, den der unruhige, kräftige Mann trug, hatte den strengen Charme von Dienstkleidung. Reich-Ranicki saß an seinem Schreibtisch, ich hatte mich auf den Stuhl gegenüber gesetzt, und während er in einer Schublade nach einem Foto von sich suchte, überlegte ich, warum ich nicht nervös war.

»Sollen wir vielleicht das nehmen?«, sagte er und hielt mir ein Bild hin. »Oder nein, lieber das hier. Das ist freundlicher. Ich kann auch freundlich sein, wissen Sie.«

»Wie bitte?«

»Die meisten haben Angst vor mir – die meisten Schriftsteller. Sie denken, ich könnte über ihr nächstes Buch schreiben, dass es nichts taugt. Und wenn ich schreibe, dass es gut ist, zittern sie, ich könnte das übernächste schlecht finden.« Er machte mit einer schnellen Bewegung die Schublade zu, strich seine Krawatte glatt und legte mir ein Foto hin, auf dem er so verkrampft und alterslos aussah wie der stellvertretende sowjetische Energieminister. Er grinste. »Nein. Bestätigen wir ruhig das Vorurteil.«

So fing, einen Tag vor meinem vierundzwanzigsten Geburtstag, mein erstes Interview an. Zwei Monate vorher hatte ich die Journalistenschule zu Ende gebracht, und fast wäre ich doch noch wegen Radio-Müller rausgeflogen, aber das erfuhr ich erst hinterher. Seitdem saß ich in Frankfurt in der Lokalredaktion der FAZ, schrieb kaum, und München war so weit weg wie Hamburg und Prag. Einmal durfte ich etwas über den Türsteher vom Uno schreiben, von dem man sagte, er habe eine Metallplatte in seinem kahlen Schädel, darum sei er so nervös. Und einmal fuhr ich mit der letzten U-Bahn in die dunkle, verlassene Nordweststadt und beschrieb die Angst, die ich hatte, als ich kein Taxi finden konnte, das mich schnell wieder ins sichere Westend zurückbringen würde. Beide Artikel erschienen, aber erst Wochen später, und jemand hatte, ohne mich zu fragen, alle meine Worte und Sätze durcheinandergebracht. Das war mir egal. Aber ich dachte, vielleicht sollte ich über etwas schreiben, das mich wirklich interessierte, dann würde es mir nicht egal sein, wenn so etwas wieder passierte. So kam ich auf Reich-Ranicki, dessen Durchwahl ich in dem kleinen dunkelblauen Telefonbuch entdeckte, das in der FAZ-Redaktion auf meinem Schreibtisch lag.

»Was ist das für ein Magazin, für das Sie arbeiten?«, sagte er und zupfte wieder an seiner Krawatte.

»Es heißt Elaste«, sagte ich.

»Was? Kenne ich nicht.«

Ich erklärte ihm, dass es uns noch nicht lange gab, dass keiner von uns älter als fünfundzwanzig war und dass es in unserer Zeitschrift um Mode, Sex und Pop ging.

»Pop?«, sagte er.

»Alles, was populär ist. Alles, was populär und so gut ist wie die Eroica von Beethoven – zum Beispiel.«

Ich sah, dass er überlegte, ob die Beschreibung auch auf ihn passte, und er sah, dass ich es sah, und das sah ich natürlich, und er sah, dass ich es sah. Jüdisches Schach.

»Ein alter Mann wie ich«, sagte er. »Sie haben sich den Falschen ausgesucht.«

»Wie bitte?«

»Ich weiß nicht, warum Sie ausgerechnet mit mir ein Interview machen wollen.«

Ich guckte an ihm vorbei aus dem Fenster. Der Himmel war weiß, und ich dachte, nichts ist deprimierender als ein weißer Himmel. Wir saßen im sechsten Stock des FAZ-Hochhauses in der schrecklichen Mainzer Landstraße, gegenüber war nichts, und dann stieg von unten schwarzer Rauch auf, und ich hatte eine idiotische Assoziation. Die Rauchwolke löste sich in graue Fäden auf, der Himmel war wieder weiß, und ich merkte, dass ich zu lange schwieg. Aber was sollte ich sagen? Lieber Herr Reich-Ranicki, ich bin verrückt nach alten, sturen Juden, ich bin ein junger, sturer Jude, wollen Sie bitte mein literarischer Ersatzvater sein? Warum nicht.

»Nein, nein«, sagte ich endlich, »Sie irren sich. Und wie Sie der Richtige sind!«

»Gut. Dann bin ich froh. Für Sie«, sagte er. »Aber fangen Sie endlich an! Ich habe zu tun. Träumen müssen Sie woanders.«

30

Ich wusste nicht viel über Reich-Ranicki – er war Kritiker, er lispelte, und er war davongekommen. Ich hatte ihn einmal im Fernsehen beim Bachmannpreis gesehen, wo er so fremd wirkte wie ein Rabbiner in einer Kirche. Er redete schnell, er war direkt, und er glaubte an seine eigenen Worte. Er hatte einen lächerlichen osteuropäischen Akzent, er schien hart zu sein, aber auch weich und am Ende doch wieder hart, ihm fehlte der Sinn für falsche Höflichkeit, der deutschen Intellektuellen wichtiger zu sein schien als alles andere. Er war wie mein Vater und seine drei bekloppten russischen Brüder, die sich ständig anschrien und ins Leben hineinredeten. Er war, wie ich werden würde, ob ich es wollte oder nicht – aber er war auch bösartig. Ich wäre nicht ich gewesen, hätte ich nicht gedacht, seine dunkle, weltabgekehrte Seite habe damit zu tun, dass es einen wie ihn – so wie Rachel, so wie mich – in Deutschland eigentlich nicht mehr geben sollte.

Ich schaltete das Diktiergerät an und fragte Reich-Ranicki, ob die Deutschen Humor haben. Dann fragte ich ihn, ob er einen guten deutschen Witz kenne. Und dann wollte ich wissen, ob er sich als Deutscher fühle. Wie rätselhaft, dachte ich, als er trocken erwiderte, Tucholsky und Kästner seien große Humoristen, denn die fand ich überhaupt nicht komisch. Witze kannte er keine, nicht einmal jüdische, und zu Hause, sagte er, fühle er sich nur in der deutschen Literatur. Ich dachte kurz an meine eigenen Geschichten. Ich wusste nicht, ob sie Literatur waren oder nicht, aber zu Hause würde er sich in ihnen bestimmt nicht fühlen.

»Was gucken Sie so?«

»Wie – so?«

»Mein Vater war ein polnischer Jude, meine Mutter eine deutsche, eine preußische Jüdin. Ich selbst bin in Polen geboren, aber in Deutschland aufgewachsen. Eine andere Antwort habe ich nicht.«

Er redete um die Sache herum, und mir wurde langsam einiges klarer. Damals im Warschauer Getto, dachte ich, lagen jeden Tag fünf neue Typhustote auf dem Bürgersteig, wenn er morgens aus der Haustür trat, zugedeckt mit Zeitungen, in denen ihr Tod nicht mehr gemeldet werden konnte. Sie waren gestorben, weil sie Juden waren, und er wäre auch fast gestorben, fünfmal, zehnmal, zwanzigmal. Darum hatte er so wenig Interesse daran, Jude zu sein. Wahrscheinlich ging es ihm vor dem Krieg, als er in Berlin wie Hellmut Freund das Fichte-Gymnasium besuchte, auch schon so. Wie gern wäre er Deutscher gewesen – das Walter-Rathenau-Prinzip! –, aber das ging wirklich nicht mehr. Und wenn doch? Also subtrahierte er sich seine Lebenswahrheit zurecht, wie so viele Davongekommene: Deutschland minus Hitler, Goebbels und Auschwitz gleich Heine, Rilke und Thomas Mann.

»So«, sagte Reich-Ranicki, »das ist ja alles sehr interessant. Aber wir müssen jetzt Schluss machen. Zurück an die Arbeit!«

»Wie bitte?«

»Sie träumen schon wieder.«

»Nein – ich denke nach.«

»Er denkt nach. Schauen Sie lieber auf Ihren Zettel, junger Freund. Vielleicht finden Sie dort noch eine Frage.«

»Nein.«

»Gut. Dann war's das. Auf Wiedersehen.«

»Auf Wiedersehen.«

»Frau Dünkel«, rief er ins Nebenzimmer, »ich brauche die Korrekturen für morgen!«

Er wollte nicht wissen, worüber ich nachdachte, und er sah mich nicht an, als er mir die Hand gab. Er schenkte mir ein Buch, das *Lauter Verrisse* hieß, dann schob er mich aus seinem Büro. Wieso, überlegte ich, während ich auf den Fahrstuhl wartete, hat er mich nicht gefragt, ob ich Jude bin? Der Fahrstuhl kam, drinnen roch es nach Frauenparfum und Kantinenessen, und ich dachte: Jüdisches Schach.

31

Auf meinem ersten Buch steht hinten ein Zitat von Marcel Reich-Ranicki: »Ich möchte mich zu dieser Art von Literatur lieber nicht äußern.« Ich fand, besser dieser Satz von ihm als keiner. Lange wusste ich nicht genau, wie er das meinte. So viel Wut beim Gedanken an jemanden, dessen Literatur man für Abfall hält? Dann erinnerte ich mich an den traurigen Emigranten Hermann Geduldig, der sich in mir wiedererkannt hatte. Reich-Ranicki natürlich auch! Aber – und das war der Unterschied, der seine Intelligenz ausmachte – Reich-Ranicki muss in mir auch das völlige Gegenteil seiner selbst gesehen haben. Er zeigte es nicht, so lange ich keine Geschichten über Leute wie ihn und mich schrieb, aber dann legte ich los, und seine Meinung zu meinen Sachen wollte man auch noch wissen, und das war für ihn schwer zu ertragen. Als ich endlich begriffen hatte, wie tief, traurig und wütend sein Verdikt über mich war – über den Juden in Deutschland, der kein Deutscher sein wollte –, war es fast zu spät. Ich schrieb ihm einen Brief, Weihnachten 2005, er rief mich an, und am Ende eines langen, ernsten, nervösen Gesprächs sagte er, er wolle um keinen Preis auf einem jüdischen Friedhof beerdigt werden. Ich fragte, ob ich ihn vorher in Frankfurt besuchen dürfe, er sagte, ja, ja, und wir legten im selben Augenblick auf. Danach lief es mir sekundenlang heißkalt über den Rücken.

Ein paar Wochen später machten sie Reich-Ranicki

zum Ehrendoktor der Humboldt-Universität, danach zum Ehrendoktor von Tel Aviv. Dann starb mit 96 Jahren in Heidelberg Hilde Domin, die nach dem Krieg sofort nach Deutschland zurückgeeilt war, und er bekam in der FAZ achtzig Zeilen für den Nachruf auf sie. Die Sprache, schrieb er: wunderbar. Das Exil: traurig. Die Liebe zu ihrem früh verstorbenen Ehemann: die totale Melancholie. Und was bedeutete ihr das »Jude-Sein«? Nicht viel. Nicht Religion, nicht Nation, nur das unfreiwillige Dazugehören zu einer Schicksalsgemeinschaft. »Ich bin hineingestoßen worden, ungefragt wie in das Leben selbst«, ließ Reich-Ranicki die Tote am Ende des Artikels zu der lästigen Judensache sagen, und derselbe Satz würde bestimmt auf seinem Grabstein am Frankfurter Hauptfriedhof stehen, wo sie ihn bei seinem Glück links neben einen früheren SD-Mann und rechts neben einen Pastor mit Frau und Geliebter legen würden. Ich faltete vorsichtig und genau die Zeitung zusammen, und wieder tanzten tausend Ameisen Hora auf meinem Rücken.

32

Ich ging langsam zurück in die Frankenallee, in die Lokalredaktion der FAZ. Ich kontrollierte ständig, ob das Diktiergerät nicht aus meiner Jackentasche gerutscht war, und ich dachte, ich will bloß nicht so werden wie diese Männer und Frauen, in deren Synagogen Orgeln gespielt und in deren Wohnzimmern Weihnachtsbäume gestanden hatten. Dann dachte ich an etwas ganz anderes. Heute Nacht – sollte ich nicht wieder Kopfschmerzen kriegen, wie so oft in Frankfurt – wollte ich ausgehen. Was würde ich anziehen? Den schwarzen Blues-Brothers-Anzug, den ich für vierzig Mark in München in der Theresienstraße gekauft hatte, in diesem Laden, wo alte, verarmte Deutsche ihre Kleider in Kommission gaben; die roten Hosenträger von Woolworth; das Hemd mit dem melancholischen Paisleymuster aus dem Schrank meines Vaters; die spitzen Schuhe, die ich nach monatelanger Suche auf dem Frankfurter Flohmarkt für zwanzig Mark gekriegt hatte. Genauso stand ich – die Haare kurz wie ein Neonazi, eine schwarze Elvis-Costello-Brille unter den kaukasischen Augenbrauen – fast jede Nacht allein im Dominique und im Uno und wartete darauf, dass endlich einer von den Frankfurter Jungs anfing, mit mir zu reden. Sie waren Juden wie ich, sie waren nicht so cool wie ich, aber sie hatten sich nicht erst mit sechzehn Jahren beschneiden lassen müssen wie ich, der Sohn gottloser russischer Juden.

In der Frankenallee war es still wie immer. Ich ging bis ans Ende des langen Flurs, vorbei an halb geöffneten Türen, hinter denen gleichgültige Männer und Frauen den ganzen Tag auf die Bildschirme ihrer Computer guckten oder flüsternd telefonierten. Ich schloss in meinem Zimmer die Tür hinter mir, setzte mich an den Schreibtisch und machte das Diktiergerät an. »Die meisten Bücher, über die ich schreibe«, sagte Reich-Ranicki, »lobe ich. Aber man hält mich leider trotzdem für einen um sich schlagenden Wüterich.« Warum wohl, du alter jüdischer Dickkopf, dachte ich. Ich spulte zurück, spielte die Stelle noch mal und bekam Kopfschmerzen.

33

In Frankfurt kam ich der Sache ein großes Stück näher. Es war Anfängerglück, obwohl es so etwas wahrscheinlich nicht gibt. Man sucht und findet – glaubt aber, man habe es mit einem Wunder zu tun. Ich suchte die Geschichten, die man in meiner Familie nicht erzählte. Aber vielleicht gab es sie gar nicht, was wusste ich schon? Ich wusste von den armenischen Onkeln meiner Mutter, die in sowjetischen Ministerien saßen und Angst hatten, mit uns zu telefonieren, seit wir im Westen lebten. Und ich wusste vom Aufstieg und Fall des Vaters meines Vaters, der in den fünfziger Jahren in seiner Wohnung in Moskau lange, scharfe Würste kochte, schnell zu Geld kam und für sein kleinkapitalistisches Vergehen noch schneller von einem unglücklichen sowjetischen Richter zum Tode verurteilt wurde. Das war hart, tragisch und idiotisch – half mir aber nicht auf die Spur, denn der stalinistische Kontrollwahn hatte mit mir so viel zu tun wie die blutige Eroberungspolitik Nebukadnezars. Ich lebte in Deutschland, und niemand konnte mir mit der

Lubjanka kommen. Ich hatte ein anderes Problem: Ich war hier und jetzt von Leuten umgeben, die so taten, als sei es ihnen egal, dass ich Jude war, doch das war gelogen, und darum wurde mir immer wichtiger, dass ich es war. Aber ich brauchte endlich Referenzen: Ich wollte wissen, wie es ist, nackt in einem Zug nach Osten zu stehen. Ich wollte das Rauschen von Gottes Schweigen hören. Ich fragte mich, ob es noch irgendwo einen Vater gab, der mit seinem Sohn Jiddisch sprach.

Wie gut, dass das kleine, freundliche Zimmer, das ich in Frankfurt hatte, in der Eppsteiner Straße lag. Das klang schon mal sehr vertraut. Dort saß ich abends und am Wochenende am Schreibtisch, las *Die Mieter* von Malamud und schrieb, ohne es zu wissen, im Schneckentempo an meiner ersten echten Short Story, die wirklich erscheinen würde. Dann zog ich meinen engen schwarzen Anzug an und ging in die Stadt. Links war der Grüneburgweg, rechts kam der Reuterweg, und bald öffnete sich der Blick auf die Hochhäuser in der Mainzer Landstraße. In hundert Fenstern brannte noch Licht, tausend waren dunkel, und wann immer dort oben ein Licht ausging, spürte ich die gleiche Erregung wie ein anderer bei drei Sekunden Sonnenuntergang.

Viele dieser großen, gläsernen Häuser, die langsam in der Abenddämmerung verschwanden, hatten Juden gebaut. Das wusste ich, und das gefiel mir. Das war wie in Ägypten Pyramiden zu bauen, aber diesmal nicht, um den Pharao glücklich zu machen, sondern die eigenen Kinder. Es waren starke und harte jüdische Männer, die das neue Frankfurt errichtet hatten. Sie waren so stark und hart, dass sie das halbe Westend abreißen lassen konnten, bevor sie es neu errichteten. Zuerst kamen die Engländer und Amerikaner mit ihren Phosporbomben, dann kamen Baumbach und Bubis mit ihrem *seichel* und ihrer Wut. Sie kauften, was sie kriegen konnten, sie frühstückten mit SPD-Politikern, sie stellten undurchsichtige Anträge beim Baureferat, sie schenkten den Leuten vom Denkmalsamt ein Lächeln und eine Kiste Sabra-Likör, sie ließen die rechte deutsche Polizei anfahren und die linken deutschen Nazikinder an ihren langen Haaren aus den verfallenen Westendhäusern tragen. Und dann tauchten am Ende der Bockenheimer Landstraße riesige, brummende Abrissbagger auf, sie rollten nach links und nach rechts und machten endgültig hundert Jahre deutscher Gemütlichkeit kaputt. Keiner konnte mir erzählen, dass es Baumbach und Bubis nur um das Geld ging. Sie, die polnischen Straßenkinder, die erst in den deutschen Gettos und Lagern Deutsch gelernt hatten, standen meistens daneben, als ihre Mütter wie Fliegen totgeklatscht wurden, und dies war ihre Stunde. Sie subtrahierten nicht wie Reich-Ranicki, Freund und Domin. Sie addierten: Deutschland plus Hitler, Goebbels und Auschwitz ist gleich Rache, gleich Selbsthass, den man nur mit Hass vergelten kann. Darüber sollte ich schreiben – ganz klar. Ich hatte jahrelang einen leeren Wagen hinter mir hergezogen, jetzt füllte er sich.

Bei der Alten Oper blieb ich stehen. Ich legte noch einmal den Kopf in den Nacken und drehte mich im Kreis. Die Türme der Deutschen Bank, der glänzende, achteckige Neubau der Citibank, das Zürichhaus tanzten mit mir. Es war ein warmer Sommerabend, und ich hatte keine Kopfschmerzen. Draußen vor dem Operncafé standen ein paar ältere Typen, die vielleicht Juden waren, vielleicht reiche Araber. Sie hatten Anzüge mit breiten Schultern und zerknitterten Revers an, und ihre Krawatten waren so grell wie ihre Manieren. Ich lächelte kurz wie ein Verrückter, fühlte mich aber sofort beobachtet. Ich hörte auf zu grinsen und ging weiter. Die Jungs, die vor dem Dominique herumstanden, waren eher mein Fall.

34

»Ich mach den ganzen Tag nicht so viel«, sagte Donny.

»Ich dachte, du studierst«, sagte ich.

»Psychologie.«

»Ist das kein Studium?«

»Bis jetzt war ich fast nie da.«

»Bist du faul?«

»Ich bin reich.«

»Wie reich?«

»So reich, dass ich Donny Gold heiße.«

»Und wie hast du vorher geheißen?«

»Ich hieß immer schon so. Und wir waren immer schon reich, seit ich denken kann.«

»Wir nicht. Mein Vater ist Übersetzer. Als wir nach

Deutschland kamen, konnte er zehn Worte Deutsch, und im Kofferraum unseres Simca waren zwanzig Ikonen versteckt, die meine Eltern in Prag gesammelt hatten. Ein paar verkauften sie, damit sie für uns in Hamburg Kleider und Essen kaufen konnten, die anderen hängten sie ins Wohnzimmer.«

»Ihr russischen Juden seid echt geisteskrank.«

»Sie haben sie wieder abgehängt, weil meine Schwester und ich sie gezwungen haben. Und Weihnachten feiern wir auch nicht mehr.«

»Bist du beschnitten?«

»Ja, klar.«

»Mein Vater konnte überhaupt kein Deutsch, als er nach Deutschland kam. Eigentlich kann er's immer noch nicht.«

»Und was sprichst du mit ihm?«

»Man ret jiddisch de' hajm.«

»Und wie hat er es trotzdem geschafft?«

»Er hat in München in der Möhlstraße auf dem Schwarzmarkt Sachen verkauft, die meine Mutter unter ihrem Mantel verstecken musste. Meine bescheuerte Mutter sah drei Jahre lang jeden Tag hochschwanger aus, und die bescheuerten bayerischen Polizisten haben's nicht gemerkt. Dann hatte mein Vater in Frankfurt am Bahnhof ein paar Bars. Man zahlte mit Dollars, man sprach englisch, und man kam nur rein, wenn man Amerikaner war.«

»Und dann?«

»Dann kaufte er Häuser. Dann riss er sie ab. Und dann baute er neue.«

»Und du sollst jetzt bei ihm einsteigen.«

»Ja.«

»Aber du willst nicht.«

»Nein.«

»Und darum studierst du nicht Psychologie?«

»Genau. Aber ich hab auch sonst noch ein paar Probleme.«

»Ich auch.«

»Ich will im Winter nach Oxford gehen«, sagte er so leise, als wüsste er, dass er es nie tun würde. »Dort kann man Jewish Studies machen. Ich glaube, in Oxford würde ich kein einziges Seminar verpassen.«

»Und warum gehst du nicht sofort?«

»Ich hab angefangen, einen Roman zu schreiben, den will ich vorher zu Ende kriegen.« Er guckte mich eine Sekunde zu lange und abwesend an. Meine Tochter guckt auch immer so, wenn ihr etwas peinlich ist. »Du schreibst doch auch.«

»Nein. Ich mach nur ein Praktikum bei der FAZ.«

»Im Feuilleton?«

»Im Lokalteil.«

Wir schwiegen kurz.

»Wie heißt der Roman?«, sagte ich.

»Geld ist nicht alles, Goldmann.«

»Guter Titel.«

»Gutes Hemd, das du anhast«, sagte er.

»Ja – danke.«

»Die Schuhe und der Anzug sind auch gut. Wo hast du die her?«

»Hab ich lange gesucht.«

»Ich suche nie. Ich geh einfach in die Goethestraße. In der Goethestraße gibt's eigentlich immer alles.«

»Zu Möller & Schaar? Dort hab ich mal einen Pullover geklaut und gleich wieder weggeschmissen, so hässlich war der.«

Er wurde rot. Er riss die Augen auf und kriegte sie vor Verlegenheit nicht mehr zu.

»Du stierst«, sagte ich.

»Ja, ich weiß«, sagte er. »Aber ich kann nichts dafür.«

»Stört's dich nicht?«

»Stört's dich?«

»Nein.«

Wir standen noch eine Weile stumm im Gewühl vor dem Dominique herum, er grüßte verwirrt ein paar Leute und rieb sich seine schwarz unterlaufenen, melancholischen Augen, dann gingen wir zusammen drei Straßen weiter ins Uno. Der Türsteher mit der Metallplatte im Kopf winkte uns an der Schlange vorbei hinein. »Hallo, meine jüdischen Freunde, wie geht's?«, sagte er und lächelte ängstlich. Wir gingen die Treppe runter, und die Musik hörte sich wie ein heranrasendes Motorrad an. *It's A Shame* von Talk Talk, dachte ich. Ein paar Stufen weiter unten dachte ich: *Westend Girls* von den Pet Shop Boys. Dann dachte ich: Endlich hat einer von ihnen mit mir geredet.

»Wir werden noch viel miteinander erleben«, sagte ich zu Donny, als wir vor der Tanzfläche standen. Es rutschte mir einfach so raus, und es war peinlich, ohne peinlich zu sein, wenn es so was gibt.

»Was?«, schrie er. »Ich versteh dich nicht.«

»Nichts«, sagte ich.

»Ich such die andern«, sagte er. »Oder nein. Komm gleich mit.«

35

Donnys Vater war aus Buczacz, wie mein Großvater, aber das fand ich erst später heraus. Er war groß – für einen Juden zu groß –, er hinkte, weil sein linker Fuß zu kurz war und in einem schweren, schwarzen, orthopädischen Schuh steckte, und er hielt mich für einen Kommunisten. Er sah mich an, als sollte ich es nicht merken, redete drei unverständliche Sätze jiddisch mit mir – und dann zog er Donny auf den Balkon raus und meinte zu ihm, er solle sich hüten vor mir, solche Kerle wie ich seien früher ins Schtetl gekommen, hätten Gott beleidigt und den Juden mit entsichertem Revolver die Beitrittsformulare für die Partei auf den Küchentisch geknallt. So war das in den ersten Minuten bei Donnys Eltern in der Eschersheimer Landstraße. Später sah Herr Gold mich gar nicht mehr an und sagte höchstens etwas in meine Richtung, wenn ich zwischen ihm und der Schüssel mit der gehackten Leber saß. Ich kam trotzdem fast jeden Schabbat zum Essen, denn ich war genauso stur wie er.

In der Wohnung von Donnys Eltern gab es ein paar silberne und goldene Menoras, die so neu glänzten, als hätten sie noch letzte Woche in einem Andenkenladen in Jaffa gestanden. Sie stammten von Sotheby's in London und waren dreihundert Jahre alt, und jede kostete fast so viel wie ein Auto. Im Wohnzimmer, neben dem langen Esstisch, der jeden Freitagabend um zehn so aussah, als hätte hier jemand Hochzeit gefeiert, hing an der Wand ein polnischer Vorkriegsrabbiner, der wahrscheinlich deshalb immer so sauer war, weil er wusste, wo und wie er enden würde. Er sah uns neidisch beim Essen zu – Donny, mir, Donnys Bruder Harry, Donnys Schwester Hilmi, seinem Vater, seiner Mutter, ihrem behinderten Bruder Ruben, Anna, dem alten, ständig schwitzenden bayerischen Dienstmädchen, das zwischen den Gängen aufsprang und murmelnd in die Küche lief und mir manchmal ans Kinn fasste und sagte: »Ein gerissener Hund bist schon!« Nach dem Essen saßen wir auf den beiden Sofas im vorderen Teil des Esszimmers und sahen fern. Der Fernseher stand in einem riesigen braunen Schrank, und bevor man ihn anmachte, musste man die beiden Türen aufklappen wie bei einem Thoraschrein. Wir tranken Tee und aßen trockenen Kuchen, und wenn in den Nachrichten Israel kam, sagte Herr Gold »Schsch!«, und alle hörten sofort auf zu reden, nur Donny und Harry übersetzten, weil er wenig verstand.

Das erinnerte mich an etwas, das war fast wie bei meinen Eltern in Hamburg. Dort waren im Wohnzimmer auch zwei Sofas – die Ikonen gab es schon lange nicht mehr –, und auf der Marmorplatte über der Heizung standen inzwischen auch ein paar Menoras, aber nicht so teuer und alt wie die bei den Golds. An guten Abenden saßen wir auf den beiden Sofas, meine Eltern, meine Schwester und ich, wir tranken Tee und sahen Nachrichten oder *Derrick* oder *3 nach 9* und wussten nicht mehr, dass wir in Deutschland waren. Das war bei den Golds anders, das vergaß man bei ihnen nie. Und wenn doch, schickte einem der böse, neidische Rabbiner aus seiner Ecke einen bohrenden, frechen Blick. Manchmal guckte ich zurück und nickte zustimmend, aber so, dass es keiner bemerkte. So wurde ich bei den Golds jeden Freitag noch ein bisschen arroganter und jüdischer.

36

Die Geschichte, die ich in der Eppsteiner Straße schrieb, war ein hartes Stück Arbeit. Man musste langsam sein, wenn man die richtigen Einfälle haben wollte, die Worte durften nicht alt, aber auch nicht unbenutzt klingen. Zuerst wusste ich nicht, wie der Schluss sein würde, und als ich fertig war, merkte ich, dass er schon im ersten Satz steckte: »Horwitz hasste Schnee.« Horwitz war ein unsympathischer Alter, der allein mit seiner Katze in Frankfurt wohnte, natürlich in der Eppsteiner Straße. Er, der Davongekommene, erpresste nach dem Krieg alte Nazis, er wurde mit einem Hotel in Netanya noch reicher, aber dann verlor er alles bei einem missglückten Versicherungsbetrug. Jetzt lebte er einsam und trotzig von ein paar Pfennigen Wiedergutmachung und ging nur raus, wenn er durchs Fenster sah, dass ein Passant sein Portemonnaie verloren hatte. Am Ende schlägt Horwitz seine Katze tot, und nicht das Tier tut uns leid, sondern er.

Horwitz erinnerte mich an Donnys Vater und die alten Frankfurter Männer, die ich in der Westendsynagoge sah, wenn ich dort mit Donny und den anderen auftauchte. Horwitz hatte nach dem Krieg nur nicht so viel Glück gehabt wie sie, aber er war ja auch eine Figur auf einem Blatt Papier, das ich in meine Olivetti gespannt hatte. Ich konnte nicht die Augen von Herrn Gold und seinen Freunden lassen: Sie steckten in engen, dunklen, altmodischen Anzügen, die meinen ähnelten, die meisten waren klein und kränklich, sie hatten schnelle, kalte Augen und sahen nicht wie die Millionäre aus, die sie waren. Dem Kantor hörten sie kaum zu, denn sie redeten ständig miteinander – Jiddisch, Polnisch und fast nie Deutsch. Sie standen auf, wenn man aufstehen musste, sie setzten sich, wenn man sich setzen durfte, einige hatten den Sidur vor sich auf dem Pult liegen und sahen ab und zu rein und beteten ein bisschen. Aber dann schoben sie nervös ihren Tales zurück und zogen ihn gleich wieder hoch und wandten sich schnell ihrem Nachbarn zu, denn was in den Büchern stand, ging sie nichts an. Gott sagt, stand dort, Juden, ihr seid allein auf der Welt, macht darum immer das Richtige. Und sie antworteten still und für sich: Wir ließen unsere Kinder und Brüder in den Transport gehen, wir sind ohnehin verloren.

Ich drehte mich um und sah nach oben zu den Frauen.

Die Westendsynagoge war größer als eine Kirche, das Licht unter der hellblauen Kuppel war zart und trüb, und die Frauen saßen so weit weg, dass man die Augen zukneifen musste, wollte man sie erkennen. Von hier unten wirkte eine schöner als die andere. Dunkle Haare, intelligente Gesichter, lethargische, tierhafte, verwöhnte Bewegungen. Fast alle hatten sie etwas aus der Goethestraße an, und wenn es nur ein Halstuch von Prada war. Die Großmütter waren viel zu stark geschminkt, die Mütter trugen die Haare glatt und glänzend wie die Königin von Schweden, und ihre Nasen waren auch schon mal größer gewesen.

Am besten waren die Teenager – so natürlich und sexy wie Schwestern. Sie schliefen wie Barbara, Sofie und Charlotte in Daunenbetten, aber ihre Großväter hatten nicht auf Russen und Juden geschossen. Wenn man mit ihnen redete, lachten sie bestimmt an den richtigen Stellen. Wenn man mit ihnen Sex hatte, durfte man bestimmt weniger, bekam aber die längeren Küsse. Und wenn man sich in sie verliebte, hatte man wahrscheinlich keine Angst, dass sie schwanger werden könnten. Ich kniff die Augen noch mehr zusammen und lächelte versonnen. Ich war wie jemand, der den Nachthimmel nach Sternschnuppen absuchte, und unentwegt fielen welche herunter.

»Am besten ist Tami Kiselstein«, sagte Donny.

»Welche ist das?«, sagte ich.

»Die Lange mit den braunen Haaren. Aber sie wächst noch.«

»Ist sie schon sechzehn?«

»Und wenn sie einundzwanzig wäre – wir müssten trotzdem vorher ihre Eltern fragen.«

»Wir?«

»Rumänen. Pelzladen in der Taunusstraße. Drei Häuser im Nordend, eins in Bockenheim. Kamen mit nichts in den sechziger Jahren. In Bukarest haben sie noch Weihnachten gefeiert. Kommt dir was bekannt vor?«

»Schsch«, sagte Herr Gold, legte die Hand auf Donnys Hand und streichelte sie zärtlich. Er sah ihn streng und freundlich an, dann drehte er sich zum alten Rosen, und sie redeten weiter, waren aber auch nicht leiser als wir.

»Ion Kiselstein kam an Jom Kippur 1966 das erste Mal in die Synagoge am Baumweg«, sagte Donny. »Mit dem Auto! Er hatte einen kleinen, grauen, knatternden VW, den er auch noch auf derselben Straßenseite parkte, der *joine*. Die Juden guckten ihn an wie einen Verbrecher.«

»Und?«

»Sein Anzug sah aus wie der Schlafsack von der rumänischen Armee, nur mit Kragen und Knöpfen.«

»Und?«

»Das haben sie ihm noch mehr verübelt.«

»Und?«

»Und er beschloss an diesem Tag, es ihnen zu zeigen. Darum wurde er fast so reich wie die Gold-Family. Und darum machte er mit Dina Kiselstein die unglaubliche Tami – damit die Söhne der anderen Juden sich um sie reißen.«

Donny ließ die Hand seines Vaters los, alle standen

auf, wir auch, und der Rabbiner blies den Schofar, und das Jahr 5745 hatte begonnen.

»*Schana towa*«, sagte ich und küsste Donny, und dann sagte ich: »Ich auch.«

»Was?«

»Ich will mich auch um sie reißen.«

»Was kannst du ihr bieten?«, sagte Donny.

»Weniger als du – und mehr«, sagte ich, ohne zu wissen, dass Donnys, Tamis und meine ganze Geschichte in diesem einen Satz steckte.

37

Draußen, in der abgesperrten Freiherr-vom-Stein-Straße, standen wir alle noch eine Weile zusammen – die Moijsej-Brüder, Samy, André, Aviv Gurewicz, ich, Donny, sein Bruder Harry mit seiner neuen belgischen Freundin, die er auf einem Singleball in Paris kennengelernt hatte, Donnys dicke Schwester Hilmi, die wie er zu jedem Singletreffen fuhr, aber nur, um dort Sex zu haben. Chaim Balgaran, die Karotte, war auch da, Chaim, mit dem ich nie ein Wort redete, weil er so klein und lächerlich und unterwürfig war, und als Nomi mir fünfzehn Jahre später in Hamburg bei unserem ersten und letzten Spaziergang im Jahnpark erzählte, sie und er hätten sich auf der Hochzeit von Dana und Jossi Samuelsson in Madrid gegenseitig entjungfert, pfiff ich überrascht durch die Zähne, was ich nie davor und nie danach getan hatte.

Ein paar Meter weiter standen die Älteren, die vor Jahren nach New York, London oder Israel gezogen waren und nur noch an den Feiertagen nach Frankfurt kamen. Einige von ihnen leben nicht mehr, einige wurden im Ausland noch reicher als ihre Eltern. Sie rauchten alle, und manche sahen so aus, als wären sie in der Nacht vor dem Abflug im Nell's an eine zu volle Flasche Whisky geraten oder hätten sich den ganzen Sommer in Nueba am Strand gewälzt, Heroin geraucht und, statt zu essen, immer nur scharfen, süßen Beduinentee getrunken. Ihre zweireihigen Anzüge hatten breitere Schultern als unsere, ihre Haare waren länger als unsere, und ihre ersten sexuellen Erinnerungen reichten in eine Zeit zurück, als wir noch Kinder waren.

Dann kam Tami vorbei, mit Ion und Dina und ihrem kleinen Bruder, der ein bisschen wie Albert Einstein ohne tägliche Ritalinportion aussah, aber bei diesem Vater garantiert kein Genie werden würde. Tami guckte mich an, sie guckte Donny an, sie sah mich wieder an, und dann blieb sie stehen, während ihre Familie weiterging, und ich verpatzte es natürlich. Ich sagte kein Wort, denn sie sah aus der Nähe noch jünger aus, als ich dachte, und Donny begann sofort, mit ihr zu reden. Nachdem sie jeden geküsst und allen Schana towa gewünscht hatte, ging sie schnell weiter. Ihre Eltern bogen gerade in die Friedrichstraße ein. Dort stand wahrscheinlich ihr neuer, großer, silberner Mercedes 280, aber vielleicht hatte ihn der gerissene, dumme Ion Kiselstein noch weiter weg abgestellt, auf der südlichen Seite der Bockenheimer Landstraße, um nicht schon wieder als der gottlose Rumäne, der er immer noch war, ausgelacht zu werden.

Ich fing an zu frieren, aber das war mir egal. Es war einer der ersten kalten Herbsttage, und das Risiko, dass ich meine Frankfurter Kopfschmerzen kriegte, war so klein, dass ich es fast vergaß. Während wir in der Synagoge waren, wurde es dunkel. In den großen, hellen Gründerzeithäusern auf der anderen Straßenseite brannte überall Licht, und in einigen Fenstern sah man bläuliche, unbewegte Silhouetten von Menschen, die zu uns heruntersahen. Dreimal im Jahr gehörte die Freiherr-vom-Stein-Straße in ihrem vornehmsten, arrogantesten Teil den Juden. Oben an der Friedrichstraße und unten an der Eppsteiner Straße standen deutsche Polizisten und israelische Sicherheitsleute, die kein Auto durchließen, bis wir alle gegangen waren. Aber wir ließen uns Zeit. Wir waren wieder da. Wir fühlten uns stark mit unseren teuren und billigen Anzügen, unseren strahlendweißen und goldenen Kippas und den Geschichten unserer Eltern, die wir jederzeit wie Messer ziehen konnten, wenn Deutsche uns mit ihren Schuldgefühlen kamen. Wir, die Kinder der Unvergasten, würden erst dann ins Dominique und Uno weiterziehen, wenn es uns passte.

An diesem Abend kam ich nicht mit – denn plötzlich ging es Schlag auf Schlag. Am Tag davor hatte ich in der Hessenschau Aviv Gurewicz gesehen. Er hatte, hysterisch wie immer, den neuen Hochhausplan von Albert Speers Sohn für die Mainzer Landstraße verteidigt, als ginge es darum, Heinrich Heine zu einer Rückkehr nach Deutschland zu überreden. Aviv, der Anwalt, der Frauenheld, der Gemeindefunktionär, sah wie Robert de Niro in *Der letzte Tycoon* aus, aber nicht so verzweifelt; dafür so jüdisch, wie es sich für Monroe Stahr, den Hollywood-Abrahamiten, gehörte. Auf einmal fragte ich mich, wie es wäre, wenn einer wie Ion Kiselstein vorhätte, Tami einen wie Aviv ins Ehebett zu legen. Sie aber, und das wäre der Kick, den ich zum Schreiben brauchte, würde lieber einen Nichtjuden wollen, einen Russen wie den unbeschnittenen, blassen Schachweltmeister Karpow. Sie würde ihn aus Protest wollen – und weil sich dann die Geschichte wie von selbst schriebe. Das war ja noch besser als Horwitz, der seine Katze gegen die Wand schmetterte! Wie betrunken winkte ich Donny und den anderen zu und lief allein die Eppsteiner Straße herunter. Ich fuhr mit der ausgestreckten Hand über Zäune und Büsche, und ganz neue Worte und Sätze wogten unter mir wie ein safrangelber, fliegender Teppich.

Zu Hause ging ich sofort ins Bett, und am nächsten Morgen machte ich mich, statt in die FAZ zu gehen, an die Arbeit. Dass ich selbst ein bisschen der russische Goj aus meiner zweiten Frankfurter Story war, begriff ich erst viel später. Das war, nachdem Donny und die anderen Jungs aus dem Getto kapiert hatten, dass jemand wie ich, der Gott leugnete, sich mit sechzehn beschneiden ließ und nicht mit ihnen zwischen Diplomatenviertel, Westendsynagoge und Mövenpick groß geworden war, trotzdem ein guter Jude mit osteuropäischem Tam und semitischem Tunnelblick sein konnte.

38

Gestern Nachmittag telefonierte ich wieder mit Reich-Ranicki.

»Sie haben überhaupt keine Ahnung, wer ich bin«, sagte er verärgert. »Sie haben mir doch Weihnachten diesen Brief geschrieben, das waren Sie, oder? So viel Unsinn auf einer halben Seite! Ich habe unter den Stalinisten im Gefängnis gesessen, ich bin vor diesen Leuten geflohen. Aber darüber reden wir, wenn Sie kommen. Was wollen Sie, Lieber?«

Ich wollte wissen, ob er noch da ist. Ich hatte die Reise zu ihm ständig verschoben, weil ich mehr Zeit für meine Tochter brauchte. Ihm ging es auch nicht gut, er hatte ein paar Tage in der Uniklinik gelegen. Jetzt war er wieder zu Hause, in seiner Wohnung im Dichterviertel, wo über einer schwarzen Ledercouch hundert Zeichnungen und Bilder von hundert Schriftstellern hingen. Ich kannte diese Wohnung von Fotos. Ich stellte sie mir ähnlich steril, kleinbürgerlich und neureich vor wie die der Golds am Holzhausenpark, nur ohne den bösen, neidischen Rabbiner an der Wand. Im Dichterviertel saß der Rabbiner auf dem schwarzen Ledersofa und hielt undurchsichtige, bittere, wehleidige Reden, die er meistens in der Mitte abbrach.

»Wie geht's Ihnen, Herr Reich-Ranicki?«, sagte ich in Berlin ins Telefon.

»Mittelprächtig«, stöhnte er.

»Ihre Stimme klingt gut.«

»Hören Sie auf. Es geht zu Ende.«

»Einen, der jünger ist als Sie, kann es vor Ihnen erwischen.«

Er lachte. »Haben Sie die Zeit gesehen? Ein Dummkopf, dieser von Armin.«

»Arnim ...«

»Wirft mir vor, dass ich mit Leidenschaft über Literatur schreibe. Aber wenn man ihn liest, vergisst man zu atmen.«

»So gut?«

»So schlecht. Aber lassen wir das.«

Er ging mir auf die Nerven. Und mir fiel nicht ein, was ich noch sagen könnte. Wir hatten uns bei unserem letzten Telefonat für Mitte April verabredet, aber das war erst in vier Wochen. Ich sagte schnell etwas über Romantiker und Aufklärer in der deutschen Literatur. Es funktionierte. Als er mich prüfend fragte, was Celan gewesen sei, sagte ich – Romantiker. Das überraschte ihn. Was hatte er von mir erwartet? Schwarze Milch, frostgebänderte Käfer, Schweißung der Seelen – König David würde nicht so viele Worte um so viel Bedeutung machen. Nicht einmal die französischen Surrealisten würden es tun.

So kamen wir von den Juden auf die Antisemiten.

Die Antisemiten, sagte er, verwirre es, wenn er erkläre, Brecht sei sein Dichter, nicht der emporgekommene, raunende, dunkle Celan. Aha, sagte ich. Und Thomas Mann sei ihm lieber als Kafka. Schon wieder Thomas Mann, dachte ich gelangweilt. Kafka, sagte er, habe nur ein geniales Buch geschrieben, den *Prozess*, Mann dagegen sei an sich genial gewesen. »Wen interessiert der Judenhass von jemandem, der die Juden so gewitzt beschreibt wie er? Golo Mann meinte zu mir, in Lübeck waren sie alle Antisemiten.« Ich schwieg, und die Pause wurde länger und länger. Am Ende der Pause fragte ich ihn, ob Manns Kinder gewusst hätten, dass sie nach der Halacha Juden waren. »Das ist Orthodoxie und tiefste Antike, Lieber, damit bringen Sie mich nicht aus der Fassung. Das war bei den Römern auch so. *Mater semper certa est* – wir wissen nicht, mit wem die Mutter geschlafen hat, aber wir wissen, das Kind ist von ihr.« Golo und den anderen, wiederholte ich, war es wirklich egal, dass Katia eine Pringsheim war? »Klaus und Erika nicht – aber wen interessiert das? Das ist langweilig.« Nein. »Doch. Der Vater ist wichtig, seine Größe ist wichtig. Er schrieb *Tonio Kröger*! Hier war der Konflikt, den ich seit meiner Kindheit kannte. Konnte ich Künstler sein? Hätte ich den Mut, das Talent, die Geduld?« Und Gregor Samsa waren Sie nicht? »Damit hab ich nichts zu tun, das ist jüdische Schizophrenie. Jüdischer Selbsthass!«, knurrte er ins Telefon. »Kafka schrieb an Milena, er will alle Juden in eine Schublade stecken, damit sie dort ersticken. Glauben Sie das? Nein, das glauben Sie bestimmt nicht! Ich werde Ihnen die Stelle zeigen, wenn Sie kommen, ich habe sie zitiert, in meinem Buch *Nachprüfungen*. Das kennen Sie, ja?« Nein, tut mir leid. »Und *Anwälte der Literatur*?« Nein, auch nicht. »Aber *Mein Leben*?« Ja, das schon, log ich, und dann sagte er noch, er könne nichts dafür, dass er provoziere, das habe er immer getan, das sei sein größtes Problem, darum sei er so einsam. Dann legten wir, genauso wie letztes Mal, gleichzeitig auf.

Nicht Kafka, sondern Thomas Mann. Nicht der Jude, der das schönste Deutsch des zwanzigsten Jahrhunderts schrieb, weil er den tadelnden Blicken der Nichtjuden standhalten wollte – sondern der Deutsche, der sich bis zu seinem Tod in der jüdischen Moderne so wohlfühlte wie ein niedersächsischer Pastor auf dem Geburtstagsfest des Zaddiks von Przemysl. Meine Gedanken flogen durch Monate und Jahre. Einmal bekam ich einen Preis – den Tukanpreis, für mein zweites Buch mit Erzählungen –, und ich sagte zum Dank, Juden und Deutsche seien seit Birkenau für immer geschiedene Leute. Danach kriegte ich nie wieder etwas. Der böse, alte, traurige, strategische Reich-Ranicki hätte so etwas nie gesagt. Die meisten seiner Helden standen als Marmorköpfe über den Hügeln von Regensburg in der großen, dämmerigen Walhalla, und die Büste von Anti-Goethe Thomas Mann war auch schon bestellt. Meine Gedanken rasten zurück in die Gegenwart. Wie gut, dass Reich-Ranickis sägende Stimme nicht mehr in meinem Ohr war. Ich würde trotzdem in vier Wochen zu ihm ins Dichterviertel fahren. Ich musste noch etwas sehr Wichtiges von ihm erfahren, und vielleicht fiele mir bis dahin ein, was es war.

39

August 1984. Im zwölften Stock des Victoria Hotels in Tel Aviv berührten die ersten Sonnenstrahlen die Augen der Schlafenden. Die Schlafenden waren Donny, ich und ein Mädchen, das wir am Tag vorher auf dem Rothschild Boulevard kennengelernt hatten. Sie hieß Chagit, aber wir nannten sie die Blumige, weil auf ihrem Kleid hundert kleine Rosen blühten und sie eine sehr orientalische Art hatte, Nein zu sagen. Trotzdem ging sie mit uns ins Pinguin, wo sie fast immer allein tanzen wollte. Dann bekam sie Hunger, und wir fuhren sie mit dem Taxi nach Jaffo ins Abulafia, und sie ließ nur Donny von ihrer Pita mit Tchina, Salzgurken und scharfer roter Soße abbeißen. Danach waren wir lange am Gordon Beach, unten vor dem Hotel. Der warme, nächtliche Wind wehte uns ins Gesicht, die schwarzen Wellen tauchten aus dem Nichts in den Lichtern des Strandcafés auf, sie schäumten kurz weiß auf und klatschten gegen den Sand, und die Blumige fragte nicht Donny, sondern mich, ob ich mit ihr schwimmen gehen wolle. Sie lief in ihrem Rosenkleid ins Wasser, und ich rannte ihr nackt hinterher. Später kam sie mit in unser Zimmer im zwölften Stock. Sie duschte lange und zog einen von unseren weißen Bademänteln an, den sie mit dem Gürtel fest zuband. Dann bestellte Donny beim Zimmerservice auf die Rechnung seines Vaters – *o. t. h.* hieß das auf Englisch, *on the house* – eine Flasche Wodka und Blinzes mit Quark und Zimt, aber als es an der Tür klopfte, schlief die Blumige schon. Wir aßen und tranken zu zweit, legten uns links und rechts neben sie und hofften noch eine Weile, dass etwas passierte. Irgendwo auf diesem Planeten lagen gerade zwei andere Männer neben einer anderen Frau, und sie würden bestimmt mehr Glück haben.

Mein Gesicht wurde immer wärmer, und ich sah mir meine Augenlider von innen an. Sie waren rot, die Adern blitzten. Als ich die Augen aufmachte, blickte ich direkt in die Sonne. Die Balkontür war offen, und es war so laut, als würde ich unten an der Ecke Gordon und Hayarkon auf der Mittelspur stehen und warten, dass endlich die Fußgängerampel auf Grün umsprang. Ich stieg vorsichtig aus dem Bett und ging ins Bad. Donny und das Mädchen schliefen weiter. Im Bad sah ich in den Spiegel. Wenn ich in Israel war, sah ich oft in den Spiegel. Mir gefiel, was ich sah: ein dunkelbraunes, orientalisches Gesicht, hart, selbstbewusst, fast ohne weibliche Züge. Hier war ich, wie alle anderen, auch Jude – keine Spur mehr von meinem selbstverliebten, weichen, armenischen Großvater. Sollte ich doch nach Israel ziehen? Als ich das Hotelzimmer verließ, lagen Donny und das Mädchen nebeneinander auf Donnys Seite, und auf einmal kam es mir so vor, als hätte ich vorhin, als ich geduscht hatte, ihre Stimmen gehört.

40

Ich fuhr nach Holon zu Klara und Zoli. Das Taxi raste am Strand entlang, dann die Allenby herunter, und ich bat den Fahrer, das Fenster zu schließen. Er schaute mir im Rückspiegel tief in die Augen, machte das Fenster trotzdem nicht zu und steckte sich eine Zigarette an. Ich wäre lieber in Tel Aviv geblieben und sah jetzt schon ungeduldig auf die Uhr. Ich musste mindestens zwei Stunden in Holon bleiben, Nudelsuppe, Schnitzel und Schokoladenpudding essen, von meinem Praktikum bei der FAZ und den Launen meines Vaters erzählen, und hoffentlich würde ich nicht wieder anfangen, Klara über Auschwitz auszufragen. Aber meistens war es stärker als ich, weil ich immer wieder froh war, ihre Holocaustgeschichten zu hören, denn ich selbst kam in ihnen nicht vor. So ein Glück musste man haben! Die Welt, in der ich aufwuchs, war eine Welt ohne Hitler, und weil der gerade erst da gewesen war, würde er nicht so schnell wiederkommen. Und in Israel musste ich auch nicht leben! Das war sehr klug von mir. Ich kam nur zwischen den Kriegen zu Besuch, und wenn ich von Leuten hörte, deren Söhne auf dem Golan oder in den Vororten von Beirut in ihren Panzern verbrannt waren, wollte ich immer alles genau wissen, und auch da dachte ich, Glück gehabt. Die Antisemiten, die ich traf, hatten kein Gas und keine Granatwerfer. Sie wollten mich von der Journalistenschule werfen, sie forderten ein unabhängiges Palästina, sie besetzten ein paar Wochen lang ein

Haus in der Bockenheimer Landstraße. Als ich einmal in der Küche des Schumann's stand, wo ich als Student oft etwas umsonst zum Essen bekam, sagte Charles zu mir, in seinem Ofen wäre noch Platz für mich. Das war bestimmt nur ein Witz, und ich musste ihn nur kurz wütend angucken, damit er sich bei mir noch drei Wochen später stammelnd entschuldigte.

»Kann ich auch eine Zigarette haben?«, sagte ich zu dem Taxifahrer. Ich sprach, wie immer in Israel, englisch.

»Warum lernst du nicht Hebräisch?«, sagte er und hielt mir, ohne sich umzudrehen, die Schachtel hin.

»Ich kann andere Sprachen.«

»Das zählt nicht.«

»Und was kannst du außer Iwrit?«

»Arabisch, Griechisch, Spanisch, Ladino – reicht das?«

Ich hatte keine Lust, mit ihm zu diskutieren. Ich machte die Zigarette an und gab ihm die Schachtel und das Feuerzeug zurück. Das Feuerzeug hatte die Form von Ben Gurions Kopf. Du unhöflicher, eingebildeter, israelischer Idiot, dachte ich.

41

»Er war ein schöner, kluger Mann«, sagte Klara, als wir schon beim Tee waren. Wir saßen auf dem großen braunen Ecksofa, dessen fadenscheinigen, weichen Cordbezug ich mit geschlossenen Augen unter tausend anderen erkennen würde. »Es gab nichts, was er nicht konnte.«

»Ich mochte ihn nicht«, sagte ich. »Er war noch ungeduldiger und nervöser als mein Vater.«

»So sind sie in der Familie alle«, sagte Zoli. »Das sind die Gene. Es gibt Schlimmeres.«

»Er« – Klara legte ihre alte, warme Hand auf meine – »ist nicht so. *Nachon?*«

»Ich hoffe, ich bin nicht so«, sagte ich, aber ich wusste, was sie nicht wusste. Wenn ich eine Meinung hatte, die anderen wehtat, liebte ich mich dafür. Das war schlimmer als Jähzorn, das war Sadismus. Ich wusste es noch nicht lange, und es tat mir selbst noch nicht weh.

»Er war kurz vor dem Jom-Kippur-Krieg hier«, sagte Klara wieder. »Er war im Hotel in Tel Aviv, tausend Geschäfte wie immer, aber er kam trotzdem ein paarmal zu uns. Er sagte jedesmal, er habe Bauchschmerzen. Zum Schluss war er weiß wie jemand, der schon auf der anderen Seite ist. Ich wollte, dass er zum Arzt geht, aber er sagte, das würde er lieber zu Hause in Rio machen. Bei seiner Beerdigung streute der halbe Generalstab Erde auf seinen Sarg, Ariel Sharon war da, Dayan, Yitzhak Navon. Dass er so ein wichtiger Mann war, haben wir nicht gewusst.«

»Mossad?«, sagte ich.

»Ich glaube nicht«, sagte Zoli. »Ich glaube, Waffen für Israel.«

»Nachon«, sagte Klara.

»Aus Brasilien?«

»Das fing bestimmt früher an, als er noch einer von Gottwalds Diplomaten war. Ohne deinen Onkel und seine tschechischen Flugzeuge und Maschinengewehre würden wir hier nicht sitzen.«

»Nachon.«

»Nachon.«

Wir redeten über Grischa, den ältesten Bruder meines Vaters. Er und Efim, der Zweitälteste, kämpften in der Roten Armee und fuhren mit Svobodas jüdischen Einheiten von Moskau bis auf den Wenzelsplatz. Auch eine Kriegsgeschichte, die ich liebte, weil ich selbst nicht in ihr auftauchte. Es gab vier Brüder, und Grischa war immer die Nummer eins. Nur wer herrischer und größenwahnsinniger war als er, bewunderte ihn nicht. Grischa meldete sich als erster freiwillig, er gab als erster der KPČ sein Wort, er flüchtete als erster in den Westen – Brasilien, Israel, Brasilien –, er legte sich als erster in ein Grab. Ich hatte ihn einmal kurz gesehen, in unserem ersten Jahr in Hamburg, und obwohl ich ein Kind war, sah er mich so hart und pessimistisch an wie einen Erwachsenen. Efim, den Zweitältesten, mochte ich noch weniger. Er redete mit keinem von uns, keine Ahnung warum. Er hatte bei seiner Flucht nach Österreich etwas mitgenommen, das allen gehörte, und er gab es nicht zurück – vielleicht deshalb. Vielleicht aber auch, weil seine Frau aus einer Wiener Familie war, deren Modegeschäft in der Herrengasse bis zum Frühjahr 1939 Juden gehört hatte. Mischa, der Drittälteste, der als einziger nie nervös war, wurde einmal im Leben doch sehr nervös. Das war, als er nach seinem täppischen Versuch, in den Westen zu fliehen,

Anfang der sechziger Jahre am Prager Flughafen verhaftet wurde und so lange in die Verhörlampen der Staatssicherheit starren musste, bis er den Großvater und dessen kleine Geschäfte verriet. Das ging für den Großvater schlecht aus, und für Mischa auch. Er kam – muskulös und traurig – nach drei Jahren aus dem Gefängnis zurück, und niemand aus der Familie brach mit ihm, denn alle ahnten, was sie an seiner Stelle getan hätten. Nur Efim ahnte es nicht. Hörte er deshalb auf, mit uns allen zu reden? Es gab noch eine andere Erklärung für seine Kälte, und die gefiel mir am besten: Efim hielt Verwandte nicht aus, die Kinder anschrien und für den Zionismus sterben konnten. Eigentlich war er mein Mann. Mit ihm als tragischem Helden im Mittelpunkt ließe sich der sensationellste Familienroman seit der *»Familie Moschkat«* schreiben, dachte ich mindestens so schimmernd und abgründig wie eine Short Story über Donnys Vater und seine Frankfurter Mafiafreunde. Dann traf ich Efim bei Mischas Beerdigung 1988 in Zürich, wo er, ein Fremder mit überraschend guten Manieren, kurz aus seinem toten Winkel auftauchte – und er wollte mit mir nur darüber reden, dass er mich im Fernsehen gesehen hatte. Das war der Moment, als ich beschloss, nie eine Zeile über ihn, sein Schweigen und die drei anderen Brüder zu schreiben. So leer war der Wagen nicht mehr, den ich hinter mir herzog.

»Wo liegt Grischa?«, sagte ich zu Zoli.

»In Ramat Gan. Willst du ihn sehen?«

»Diesmal nicht«, sagte ich. »Vielleicht, ehrlich gesagt, nie.«

»Wie du möchtest.«

»Ja, genau«, sagte Klara, »lass ihn.«

»Ich lass ihn doch.«

»Nachon.«

»Nachon.«

Zoli, der Ex-Partisan, der Ex-Hagana-Kämpfer, der Ex-Egged-Busfahrer nickte gehorsam mit seinem weißhaarigen Jungenkopf, und die Aura des neuen Juden verließ ihn wie eine schlechte Gewohnheit. Ein paar Jahre später rannte er aufgeregt vor mir her zwischen endlosen Grabsteinreihen aus hellem judäischen Marmor über den Friedhof von Ramat Gan, denn er konnte Grischas Grab nicht finden. Der Himmel war blau wie ein israelisches Pilotenhemd, der Wind war nicht zu warm und nicht zu kalt, und als wir endlich vor Grischas Grab standen, vergaß ich für einen Moment, wie viele Sorgen es mir bereitete, Sohn dieser Familie zu sein.

42

Donny und ich trafen uns mit Henryk Broder auf der Schenkin in einem polnischen Schnellrestaurant. Die zerkratzten Tischplatten waren aus grauem Resopal, an den Wänden hingen Bilder von Menachem Begin und Ron Arad, dem vermissten Piloten, und in der Suppe schwammen viel zu kleine, blasse Fettaugen. Draußen fiel ein langer, schräger Schatten aufs Trottoir, der immer länger und dunkler wurde. Die Straße war leer, keine hübschen jungen Frauen, keine Ex-Soldaten auf Speed, keine traurigen, kalten amerikanischen Touristinnen wie zehn Jahre später. Ich hatte Henryks Nummer von Shoshi Alter bekommen, die zweimal im Jahr die seltsamen Frankfurter Neuesten Nachrichten herausbrachte und mir am Telefon mit abwesender Stimme versprochen hatte, in der Jom-Kippur-Ausgabe die Geschichte mit Horwitz, dem Dieb, und seiner ermordeten Katze abzudrucken. Ich konnte es kaum glauben, denn jeder Zweite, der bei ihr Anzeigen kaufte, war ein Scheusal wie Horwitz. Shoshi sagte auch, wenn ich in Israel bin, solle ich Henryk anrufen, er freue sich, Juden zu treffen, die immer noch in Deutschland lebten. Das hatte sie wahrscheinlich ironisch gemeint, aber es war mir egal.

Henryk war klein, bärtig und bösartig. Genauso hatte ich ihn mir vorgestellt. Er sprach Deutsch mit demselben polnischen Akzent, den ich von den Moijsej-Brüdern kannte, aber er versetzte seine Rede nicht wie sie und viele andere mit jiddischen Worten. Er kam mir wie ein Rebbe vor, der zu klug ist für seine Gemeinde, und wenn man ihm in die Augen sieht, weiß man, was er macht, damit er den Sex bekommt, an den er den ganzen Tag dachte. So einer fängt früher oder später etwas mit der Frau des Kantors an, und an Roschaschana hält er in der Synagoge eine giftige Rede, in der er den Leuten vorwirft, sie hätten dieses Jahr zu wenig für Israel gespendet und fürchteten Gott nur, wenn sie krank wurden.

Henryks Synagoge war Deutschland. Dort landete er als Kind, ohne dass ihn jemand gefragt hätte, wohin und was er selbst möchte, und das hörte sich nach Schmerzen an, die ich auch kannte. Aber es gab einen Unterschied: Seine Eltern waren, anders als meine, durch die KZs gezogen. Trotzdem gingen sie dreizehn Jahre nach dem Ende des Kriegs von Polen nach Deutschland. Warum? Vielleicht lag es an Schiller, Beethoven und Goethe, vielleicht hatten sie das Reich-Ranicki-Syndrom. Seit zwei Jahrhunderten glaubten die Deutsch sprechenden Juden Mitteleuropas, deutsche Worte und deutsche Melodien seien eine einzige große Hymne auf die ewige Brüderlichkeit – warum nicht die alten Broders? Henryk, ihr Sohn, glaubte es eine Weile auch, zumindest, solange er sich das neue Deutschland so brüderlich und links vorstellte, wie das kommunistische Polen nie war. Er stand in seiner Synagoge oben auf der Bima und warf den Gojim unten vor, sie seien alte Nazis und neue Israelhasser, und als er merkte, dass er sie nur nervte und alles blieb, wie es war, schrieb er ihnen einen guten, scharfen, beleidigten Brief. Der Brief war so lang, dass er auf drei riesige Zeit-Seiten passte, und unter seinem Foto stand: »Henryk Broder – kein deutsches Leben«. Das regte natürlich alle noch mehr auf, vor allem jene, die lieber keine Deutschen gewesen wären, so wie er. Der Granitlinke Walter Boehlich drehte die Sache sogar um und schrieb, Henryk wolle mit seinem Wutanfall bloß von seinen eigenen Schuldgefühlen ablenken – weil er als Jude auch ein Bewohner des »Landes der Mörder« sei. Wenn das keine Projektion war, was sonst? Henryk gab schnell noch ein Interview, das auf zwölf Spiegel-Seiten passte, er wiederholte noch beleidigter und noch schärfer, dass er genug davon habe, ständig darüber nachzudenken, wer in seiner Umgebung ein verdammter Antisemit sei, dann nahm er seine Bücher, seine Leitz-Ordner und seine schlechten Erinnerungen und zog nach Jerusalem um. So einer war sicher zum Fürchten, dachte ich, aber auch ein bisschen zum Anhimmeln, und darum sollte Donny mitkommen, wenn ich ihn traf.

43

»Ich hab deine Katzengeschichte gelesen«, sagte Henryk. »Shoshi hat sie mir geschickt.«

»Okay«, sagte ich.

»Ich versteh die Geschichte nicht. Und sie ist langweilig.«

»Hm.«

»Typen wie du machen zu viele Worte. Du willst Schriftsteller werden, ja?«

»Ja.«

»Was bist du – Russe?«

»Ja. Meine Eltern.«

»Woher?«

»Aus Prag.«

»Und jetzt lebst du armes Schwein in Deutschland.«

Er grinste, und ich stellte mir sein Gesicht hinter dem dichten schwarzen Bart vor. Es war bestimmt blass und schön und ein bisschen mädchenhaft. Früher hatte ich auch einen solchen Bart wie er, mit siebzehn, und alle sagten, ich sähe aus wie Jesus. Darum hatte ich ihn mir mit achtzehn abrasiert, und in Israel würde ich nie leben.

»Ist es gut hier?«, sagte ich.

»Mein Hund fühlt sich wohl. Er scheißt in Jerusalem lieber auf die Straße als in Köln. Jedenfalls regelmäßiger. Was willst du noch wissen?«

»Schreibst du für israelische Zeitungen?«

»Mein Hebräisch ist so gut wie das von Eichmann. Sonst noch was?«

»Nein. Nichts.«

Er drehte sich zu Donny. »Und du?«

Donny stierte ihn an. »Ich?«, stammelte er. »Ich … bin einfach nur reich.«

»Frankfurt?«

»Ähm – ja.«

»Du bist aber nicht der Sohn von Jossele Baumbach?«

»Fast«, stammelte Donny wieder, und er ahnte nicht, wie witzig seine Antwort war.

»Dann kannst du mich ja zum Essen einladen!«

»Klar.«

So ging es immer weiter. Es war eine der idiotischsten Unterhaltungen, die ich je führen musste. Dieser kleine, bärtige, herrische Mann war entweder schon böse auf die Welt gekommen – oder er war in Deutschland böse geworden. In Israel würde das auch nicht mehr besser werden. Dessen war ich mir absolut sicher, dabei wusste ich noch nicht, wie die Bücher heißen würden, die er in den nächsten zwanzig Jahren schreiben würde: *Der ewige Antisemit*, *Die Irren von Zion*, *Jedem das Seine*, *Volk und Wahn*. Warum nicht gleich *Schreiben macht frei*?

Als wir aufstanden, war der Tisch an der Stelle, wo Henryk gesessen hatte, voller Brotkrümel und Soßenflecken. Wir unterhielten uns noch kurz auf der Straße, der schräge Schatten kroch über unsere Köpfe wie eine alte, müde Schlange, und dann ging Henryk schnell weg in Richtung Allenby. Sein kleiner schwarzer Hund rannte im Zickzack hinter ihm her und sprang immer wieder an ihm hoch, aber er ignorierte ihn.

»O mein Gott«, sagte Donny, als Henryk uns nicht mehr hören konnte.

Ich sagte nichts. Ich dachte an einen Satz aus Henryks Abschiedsbrief an die Deutschen aus der Zeit. Er sei am Ende, hatte er dort geschrieben, am Ende seiner Wut.

44

Als wir nach Frankfurt zurückkamen, war es Herbst. Man sah es schon vom Flugzeugfenster aus, das mit hundert dünnen Regenstrichen schraffiert war. Die Autos fuhren mitten am Tag mit Licht, die abgeernteten Felder waren schwarz und feucht, und was dort unten noch grün war, würde bald rot, dann gelb, dann tot sein. Ich war ziemlich froh, wieder zurück zu sein.

Ich hatte noch zwei oder drei Wochen, dann ginge es weiter nach Hamburg. Ich hatte ein paar Ideen im Kopf, und ich musste mich schnell entscheiden. Jede Nacht vor dem Einschlafen stellte ich mir die Horwitzgeschichte in den Frankfurter Neuesten Nachrichten vor, zwischen den Neujahrswünschen von Donnys, Tamis und Chaim Balgarans Eltern – und wenn ich aufwachte, auch. Ich wusste jetzt schon, dass mir das nicht reichen würde. Ich würde mich ein, zwei Tage freuen, ich würde mir die Geschichte immer wieder durchlesen, ohne meine eigenen Worte zu verstehen, und dann würde ich traurig und wütend werden und nicht wissen, warum. Weil es immer so weitergehen muss, du Dummkopf, würde ich schließlich zu mir selbst sagen, schreiben, lesen, deprimiert sein, immer wieder im Kreis, und das die nächsten fünfzig Jahre.

Die Geschichte über die rebellische jüdische Prinzessin, ihren Aufsteigervater und den unbeschnittenen russischen Schachweltmeister war viel zu lang, die konnte ich Shoshi unmöglich für die nächste Ausgabe anbieten. Ich wusste nicht einmal, ob Shoshi überhaupt wieder bei mir etwas bestellen würde, nach dem Krach, den die Frankfurter Kleinmafiosi wegen Horwitz, dem Dieb, bestimmt machen würden. Aber was sollte ich tun? Die schwermütige, ewig überforderte Shoshi war meine einzige Hoffnung. Von P.J. und den Leuten vom Cheschbon hatte ich nichts mehr gehört, seit ich aus München weg war. Bei Shoshi hatte ich das Gefühl, dass sie mich so ernst nahm wie sonst nur Gabriel Laub und sein Verleger, der schuldgeplagte Ex-Landser

Knaus. Außerdem hatte mir Shoshi ein richtiges Honorar versprochen.

Ich werde für die Pessach-Ausgabe etwas über Henryk schreiben, überlegte ich, während ich die Friedrichstraße hochging und die kalte, scharfe Frankfurter Luft einatmete. Ich bog in die Feldbergstraße ein, und vor Donnys Haus blieb ich stehen und rief laut seinen Namen. Dann setzte ich mich auf die Kühlerhaube seines neuen Mercedes und wartete. Ich versuchte dahinterzukommen, was ich mit einem wie Henryk anfangen könnte. Ein überspannter deutscher Jude in Jerusalem, der wie jeden Tag durch die Altstadt irrt, seinen Hund verliert, ihn weinend sucht, endlich findet und aus Wut einem arabischen Jungen schenkt? Das war wie die Horwitzstory, aber sentimental. Nein, ich brauchte, damit ich die richtigen Worte fände, einen härteren Plot. Ich musste die Dinge nehmen, wie sie waren, aber noch nie beschrieben wurden. Ich musste meine Figur verachten, um sie zum Schluss lieben zu können – nur dann ginge es jemandem, der meine Sachen läse, genauso. Dieser Jemand war für mich zur Zeit Donny.

Ich rief wieder Donnys Namen, im Fenster tauchte sein verschlafenes, schiefes Bucharagesicht auf, und er fragte erstaunt, wie spät es sei. Ich antwortete nicht, klopfte mit dem Zeigefinger gegen meine Stirn und setzte mich wieder auf den Mercedes. Okay – ich fing wieder von vorne an – okay, dieser eingebildete, verrückte Intellektuelle ist auch noch ein gewöhnlicher Dieb. Er hat einem Freund, seinem besten Freund, mit dem er früher in Polen im Cheder war, Geld geklaut. Damit verschwindet er nach Israel, aber er erzählt allen, er habe nur wegen der bösen Antisemiten Alija gemacht, und irgendwann kommt alles raus, und sie verzeihen ihm trotzdem. Nicht schlecht, dachte ich grinsend, so kann man es machen.

»Was ist los mit dir?«, sagte Donny. Er stand vor mir. »Hast du was geraucht? Komm, fahren wir.«

Ich hatte ihn überhaupt nicht aus dem Haus rauskommen gesehen. Er hatte einen orangefarbenen Cordanzug an, eine braune Krawatte, ein schwarzes Hemd mit weißen Punkten.

»Super«, sagte ich.

»Danke.«

»Second Hand?«

»Sie werden alle da sein«, sagte er.

»Hast du die Karten?«

»Klar. Fischkes Sohn hat immer alles, wusstest du das nicht?«

»Ja – leider.«

»Neidisch?«

»Neidisch.«

Er zeigte mir die Karten. »Sehen absolut echt aus. Bubis hat dreihundert nachdrucken lassen – damit wir in der Überzahl sind.«

»Wie gerissen von ihm!«

»Im Getto hatte er bestimmt noch bessere Ideen.«

Wir stiegen ein und fuhren los. Als wir an der Alten Oper vorbeikamen, sahen wir Aviv Gurewicz, Tami und noch ein paar andere, die zu Fuß zum Theater unterwegs waren. Sie hatten ein Transparent dabei, auf dem stand:

»Stoppt Fassbinder!«. Sie sahen so harmlos, hübsch und unernst aus wie die Demonstranten in amerikanischen Filmen, die zu fünft einen halben Tag vor dem Hauptquartier von Time-Warner im Kreis laufen.

»Eigentlich will ich heute nicht ins Theater«, sagte Donny plötzlich.

»Ich auch nicht.«

»Und jetzt?«

»Hast du Tami gesehen?«, sagte ich. »Unglaublich. Sie sieht noch besser aus als vor dem Sommer. Und sie ist wieder gewachsen. Eine Jüdin, die wie eine Schickse aussieht. Sowas will ich zu Chanukka.«

Donny antwortete nicht, aber ich wusste genau, was er dachte.

45

Die meisten Türen in dem kahlen, überheizten Gebäude waren noch zu. Hier war nichts angenehm, nicht der Geruch, nicht das gelbe, harte Licht, nicht die Gesichter der anderen Männer. Im ersten Stock, gleich am Anfang des Ganges, arbeitete eine große blonde Deutsche. Sie saß auf ihrem Bett, zwischen bunten Kissen und zerlesenen Zeitschriften, und als Donny und ich vor ihrer Tür stehen blieben, sagte sie mit leiser Männerstimme: »Zu zweit? Wie süß.« Wir gingen schnell weiter, und Donny rempelte mich an und sagte »Entschuldigung«, als würden wir uns nicht kennen. Auf der Treppe beschlossen wir, dass er nach oben gehen würde, zu den Thailänderinnen. Ich wollte in den dritten Stock, zu den Südamerikanerinnen und Italienerinnen, denn mich interessierte gerade der dunkelhaarige, mütterliche Typ. Eine halbe Stunde später standen wir wieder nebeneinander – in der Halle mit dem Getränkeautomaten und zwei weißen Gartenstühlen aus Plastik. Donnys Augen waren rot und leer, und ich fragte mich, warum fühle ich meine Beine nicht.

»Das machen wir bald wieder«, sagte ich zu Donny viel zu laut. Wir taumelten raus, wie Teenager jeder eine Coladose in der Hand, und im Auto fing Donny an, mir von Jossele Baumbach zu erzählen. Der hatte, als jemand vom israelischen Verteidigungsministerium zum Geldsammeln nach Frankfurt gekommen war, ungeduldig gefragt, was so ein Panzer koste, dann schrieb er die Summe auf einen Scheck und warf den Israeli raus. Ich hatte Jossele Baumbach nie gesehen, aber ich stellte ihn mir noch kleiner und drahtiger vor als die anderen alten Frankfurter Männer. Wenn Bubis ein sehr kluger schwarzer Passagier auf einem Schiff war, von dem er nicht wusste, wohin es fuhr, dann war Baumbach der Kapitän. Nein, ihm gehörte es. Donny und ich hatten in Tel Aviv am Kikar Dizengoff den verrückten Brunnen gesehen, den Baumbach der Stadt geschenkt hatte, eine riesige Fontäne aus Licht, Wasser und tausend Farben, und jetzt dachte ich, wer Panzer und Brunnen verteilt, der will Liebe nicht umsonst haben, auch wenn man sie ihm umsonst geben möchte.

»Hatte er früher auch einen Puff?«, sagte ich.

»Keine Ahnung«, sagte Donny, »willst du was darüber schreiben?«

46

»Willst du was darüber schreiben?«, sagte Tami.

»Nein.«

»Und warum fragst du mich dann so aus?«

»Weil ich nicht da war.«

Sie guckte ironisch und verächtlich an mir vorbei, und ich dachte, so gucken Siebzehnjährige nicht.

»Wir mussten Onkel Ruben in Heppenheim in der Behindertenwerkstatt abholen«, sagte Donny schnell.

»Um acht Uhr abends?«

»Sie haben einen großen Auftrag von einem Waisenhaus in Rumänien. Holzenten, Holzautos, Mobiles.«

»Ach so«, sagte Tami.

»Jetzt komm schon«, sagte ich, »erzähl.«

»Es war super«, sagte sie. »Zuerst kletterten die alten Leute auf die Bühne, danach wir. Frau Schapiro hat sich den Rock aufgerissen, und ich hab ihr meinen Schal gegeben, damit sie ihn sich umbindet, aber sie wollte ihn nicht. Jemand fragte sie, ob ihr das nicht unangenehm sei, und sie sagte, nein, nein, unangenehm war, als ich meinen Jaczek mit meiner Schwester erwischt habe, und Dora-Mittelbau war auch nicht schön.«

»Das hat sie nicht gesagt«, sagte ich.

»Nein. Aber sie hatte die ganze Zeit in jedem Auge eine Träne. Genau eine! Bubis sah auch verheult aus. Er hat in dem Lärm eine Rede gehalten. Er hat gesagt, es dürfe nicht alles von vorne anfangen, und dann fingen Aviv, die Moijsejs und die Karotte an, *Am' Israel Chai* zu singen, und alle haben es gefilmt. Später kam jemand zu uns auf die Bühne, den ich nicht kannte, ziemlich alt, ein Journalist, er lispelte genauso wie der Vater von Dany Föresi aus München. Er hat leise mit Bubis geredet, aber ich hab fast alles gehört. Er meinte, es ist genug, wir hätten gezeigt, dass wir uns wehren können, wir sollen endlich von der Bühne runtergehen, damit das Stück anfangen und jeder sehen kann, was wirklich los ist. Bubis hat Nein gesagt, und dann war auf einmal Schluss, und alle sind schnell nach Hause gefahren, um sich selbst im Fernsehen zu sehen. Sagt schon, wo wart ihr wirklich?«

»Hast du das Stück gelesen?«, sagte ich.

»Aviv hat es gelesen«, sagte Tami. »Er fand es nicht schlecht. Er sagt, der reiche Jude ist genauso wie Bubis.«

»Okay«, sagte ich langsam, »okay …« Mein Bauch wurde warm, mein Nacken wurde warm, es war wie Verliebtsein, aber ohne jede trügerische Arroganz. Endlich hatte ich, was ich brauchte. Die neue Geschichte würde nichts mit Henryk zu tun haben – Henryk hatte bereits selbst alles über sich gesagt, darum fiele mir zu ihm nichts Vernünftiges ein, nur lauter lauer, narzisstischer Kram. In der neuen Geschichte würde ein kühler, kluger Überlebender vorkommen, ein überheiztes

Bordell, ein hässlicher, riesiger Brunnen in Tel Aviv und vielleicht ein israelischer Panzer. Alles wäre so, wie es in der Wirklichkeit war, aber noch schlimmer, neurotischer und aufgedrehter. »Wir waren im Eroscenter in der Kaiserstraße«, sagte ich.

»Unsinn«, sagte Donny, »er lügt. Was ist, bleiben wir hier oder gehen wir noch ins Uno?«

»Ich hasse das Dominique«, sagte ich, »und ich hasse das Uno. Ich will nicht mit.«

Tami lächelte, und plötzlich war sie Mitte dreißig, und wir hatten doch nicht geheiratet, aber ein paar Jahre war es zwischen uns ganz gut gewesen. »Unsinn, Schätzchen«, sagte sie, »du bist doch nur traurig, dass du bald wegfahren musst.«

47

Als wir auf die Autobahn kamen, fragte mich mein Vater, wann ich das letzte Mal Klara geschrieben hätte. Ich antwortete nicht. Wir saßen erst seit ein paar Minuten im Auto, und ich hatte schon das Hamburggefühl. Das Hamburggefühl war ein schweres, kaltes, nasses Tuch, das sich nur in Hamburg auf meine Schultern legte. Wenn ich versuchte, das Tuch abzuwerfen, verwickelte ich mich darin, und es wurde noch schwerer, und das machte mich noch wütender. Dann nahm ich ein paar gute, kräftige Worte und schlug mit ihnen den Nächstbesten nieder, der mir entgegenkam – egal, ob er Deutscher, Jude oder mein Klassenkamerad war. Vielleicht fingen so die 100 Zeilen Hass an. Und wie ging das Hamburggefühl weg? Oft reichte es, am Dammtor auf dem Bahnsteig zu stehen und auf den Zug nach Frankfurt oder München zu warten, schon zog eine unsichtbare Hand das kalte Tuch fort. Jetzt fragte ich mich zum ersten Mal, ob das Hamburggefühl vielleicht gar nichts mit Hamburg zu tun hatte.

»Du musst ihr öfter schreiben«, sagte mein Vater auf Russisch. »Sie hat dich sehr gern.«

»Ich war gerade in Israel«, sagte ich, »und ich hab sie und Zoli zweimal besucht.«

»Ich weiß.«

»Im August«, sagte ich langsam und wütend.

»Und was haben wir jetzt?«

»Oktober.« Ich bekam beim Sprechen kaum die Lippen auseinander. »Genau.«

»Ich mag nicht, wenn du so mit mir redest.«

»Ich auch nicht.«

»Wer ist hier wer?!«

»Ach, lass mich doch in Ruhe damit.«

»Wir sind eine sehr kleine Familie. Vergiss das nicht.«

»Nein, nie.«

Mein Vater hatte in Frankfurt zwei Tage als Dolmetscher für die Deutsche Bank gearbeitet, Russisch-Deutsch, Deutsch-Russisch, und wir fuhren zusammen nach Hamburg zurück. Der Kofferraum seines orangefarbenen, eckigen Volvos war voll mit meinen Büchern und Taschen, und die Olivetti hatten wir in eine

Decke gewickelt und auf den Rücksitz gelegt. Vorne auf dem Armaturenbrett lag die Jom-Kippur-Ausgabe der Frankfurter Neuesten Nachrichten, die einen Tag vor meiner Abfahrt erschienen war. Immer, wenn mein Vater bremste, rutschte die Zeitung herunter und fiel auf meinen Schoß, und ich hielt sie jedes Mal eine Sekunde zu lang in den Händen, bevor ich sie wieder zurücklegte.

»Eine gute Geschichte«, sagte mein Vater. »Die richtigen Worte waren nie ein Problem für dich. Das war schon immer so.«

»Und du hast das schon immer gesagt.«

»Aber richtig angenehm ist der Mann in deiner Geschichte nicht.«

»Na und?«

»Meinst du nicht, dass es Leute gibt, denen das sehr gefallen wird?«

»Ein trauriger jüdischer Lügner und Dieb? Bestimmt.«

»Du weißt genau, was ich meine.«

»Gibt es keine jüdischen Diebe?«

»Es gibt auch jüdische Heilige. Schreib etwas über die.«

Ja, warum eigentlich nicht. Ich versuchte, mich an Bücher zu erinnern, in denen jüdische Männer oder Frauen vorkamen, die ohne Makel waren, und leider fielen mir nur die Romane von Lion Feuchtwanger ein. Die meisten von ihnen hatte ich in der russischen Übersetzung gelesen, mit zwölf, als mein Vater darauf bestand, dass ich Russisch lesen soll. Jud Süß, Flavius Josephus, die Geschwister Oppenheim. Sie waren vielleicht keine

Heiligen, aber sogar wenn sie etwas Dummes oder Böses machten, taten sie einem leid. Sie waren Opfer – ihrer selbst und der anderen –, und solche Juden interessierten mich nicht. Wahrscheinlich aus ästhetischen Gründen, aber das wusste ich damals nicht.

»Ich bin kein jüdischer Nationalist«, sagte ich, und ich hörte mich so kompromisslos wie mein eigener Gegner an.

»So wie ich?«

»Ja, so wie du.«

»Du hast recht – ich bin gern Jude. Denn ich bin nichts anderes.«

»Ich auch. Ich hab deshalb sogar mit sechzehn meinen unbeschnittenen Schmock auf einen OP-Tisch gelegt.«

Er lachte, und ich merkte, wie stolz er auf mich war.

»Sind Klara und Zoli auch solche Chauvinisten wie du?«, sagte ich.

»Das ist eine rhetorische Frage. Du legst mich nicht rein.«

»Und warum nicht?«

»Warum was nicht?«

»Warum … sind sie es nicht?«

»Sie sind dort, wo man als Jude sein sollte. Wir nicht.«

»Du nicht.«

»Ja«, sagte er, und er bekam den pathetischen Kommunistenton, wie meine Schwester und ich es nannten. »Wir haben uns 1970 Deutschland ausgesucht, du weißt, warum. Danach war es für Israel zu spät. Das wäre, nach Prag und Hamburg, unsere dritte Emigration gewesen.«

Gott, wie kitschig, dachte ich. Ich guckte ihn von der Seite an, böse und erwartungsvoll, aber er sah weiter geradeaus. Dann schaute er mich doch noch an, fast so traurig wie bei der Beerdigung von Mischa, als ich nach zwei, drei Sätzen Efim ignoriert hatte.

»Ich würde nie nach Israel gehen«, sagte ich, um ihn zu verletzen – und um etwas gegen das Hamburggefühl zu tun.

Er reagierte nicht.

»Die Israelis sind genauso schlimm und blutrünstig wie die Araber – aber man merkt es nicht sofort.«

Nichts.

»Ich bin für ein jüdisch-arabisches Palästina, du nicht?«

Er bremste scharf, obwohl wir 180 fuhren, und die Frankfurter Neuesten Nachrichten flogen durchs Auto.

48

Es wurde dunkel, als wir in Hamburg ankamen. Am Berliner Tor zogen sich die gelben Lichter des Polizeihochhauses vor uns in die Dämmerung von St. Georg zurück, während wir zum Hauptbahnhof abbogen. Es gab keinen Himmel, nur noch mehr Dunkelheit und eine deprimierend breite, grünlich schimmernde Schnellstraße, die aus dem Nichts vor der Stadt aufgetaucht war. Nirgends sah man einen Menschen – wenn doch, marschierte er durch den Abend mit einem wie zum Stoß vorgebeugten Kopf. Er schwankte von einer Seite zur anderen, und das kam von dem starken Wind, der regelmäßig vom Hafen hochpeitschte, um die Leute in der Stadt an die Freudlosigkeit eines ernsten, nordischen Lebens zu erinnern. Als wir die Alster umfuhren, tauchte auf der anderen Seite des nachtblauen Sees eine lange Reihe weißer, hell angestrahlter Häuser auf. Dort drüben war vielleicht alles schöner und leichter, aber hier, auf unserer Seite, wehte weiter der strenge Hafenwind. In Hamburg war man immer auf der falschen Seite, dachte ich.

Ich kannte diesen Wind von früher, aus meiner Schulzeit. Acht Jahre lang ging ich jeden Morgen zu Fuß von der Bieberstraße zum Kaiser-Friedrich-Ufer ins Gymnasium. In meiner Erinnerung ist es immer Herbst, es regnet, und ich kämpfe mit jedem Schritt gegen die schwere, brausende Faust vor mir an. Als ich endlich in dem erstaunlich freundlichen wilhelminischen Gebäude am Isebekkanal ankomme, geht der Kampf erst richtig los. Die blonden, verschlossenen, humorlosen Kinder an den Tischen neben mir ignorieren mich meistens. Manchmal sagen sie etwas darüber, dass ich schwarze Haare habe, das R wie ein Gastarbeiter rolle und eine noch dickere Brille als ihr Großvater trage. Sie sagen es verwirrt, nicht aggressiv, und ohne mich dabei anzusehen. Also übe ich viele Monate lang, bis das R schön und klar aus meiner Kehle kommt. Noch länger brauche ich, um die Formel zu finden, die später zur Formel meines Lebens wird. Es spielt keine Rolle, was andere über dich denken, feuere ich mich selbst an, Hauptsache, du machst nichts falsch. Aber wenn du was falsch machst, gib es auf keinen Fall zu, sonst lassen sie dich deine wahre Schwäche noch mehr spüren als ihr tierhaftes, unbegründetes Ressentiment. Gleichzeitig entdecke ich, wie leicht es ist, den größten, gröbsten und blondesten Jungen in der Klasse in die Knie zu zwingen. Dass ich Jude bin, ist ihm egal, als er aus meiner Tasche eins von meinen tschechischen Jugendbüchern zieht und aus dem Fenster wirft. Es stört ihn, dass ich eine Sprache kann, die er nicht versteht. Darum sage ich während des Unterrichts laut zu ihm: »Volker, das heißt nicht Scheißeausländer. Lern richtig Deutsch, wenn du mich beleidigen willst, du Analphabet. Und mach was gegen deinen Mundgeruch.« Ich mag diesen harten, schwarzhaarigen, jüdischen Tonio Kröger nicht, der ich bin und der den armen Hans Hansen vor allen anderen lächerlich macht – aber ich bewundere seine Arroganz.

Als ich einmal einen Kongress für junge Schriftsteller am Starnberger See organisiert hatte, fühlte ich mich nach wenigen Stunden, als säße ich wieder in Hamburg am Kaiser-Friedrich-Ufer im Klassenzimmer. Ich las – jemand musste den Anfang machen – den hundert anderen in dem hohen, hellen Saal mit Seeblick etwas zu schnell meine zwanzig Seiten vor, auf denen noch einmal Hanns Martin Schleyer ermordet wurde, die GSG 9 ihren Mogadischu-Auftritt hatte, Bertolt Brecht sehr schlecht und sehr gut wegkam und Deutschland nur sehr schlecht. Dann erwähnte ich ein paar Bücher, die ich für gelungen oder misslungen hielt, und praktisch alle blonden

Mädchen und Jungen, die sie geschrieben hatten, saßen in diesem Saal und versuchten so zu tun, als sei ich nicht da. Das wollte ich ihnen sagen: Ihr habt nur Sinn für eure eigenen Schmerzen, aber nicht für die der ganzen Gesellschaft, zu der auch Fremde wie ich zählen, darum geht es in eurer Gesellschaft und in euren Romanen so gefasst zu wie auf einer Beerdigung. Vielleicht wollte ich ihnen aber etwas anderes sagen, wer weiß das schon. Und wer weiß, wer damals, im Winter 2000, als Erster die Stimmung in Tutzing am Starnberger See verdorben hatte: ich mit meinem intellektuellen Jähzorn und Emigrantenhochmut – oder die blonden Kinder, die, ohne es selbst zu wissen, kein Interesse daran hatten, mit einem gebrauchten Juden wie mir über ihre Literatur, ihr Land, ihre Gefühle zu diskutieren.

Zwei Tage und zwei Nächte dauerte der Kongress am Starnberger See. Wir saßen abends zusammen in einem holzgetäfelten Kaminzimmer, wir spielten uns auf einem wimmernden Flügel Beatleslieder vor oder gingen in die Nacht raus und standen am nächtlichen See und rauchten – aber es fiel, nachdem ich meine zwanzig Seiten zu Ende gelesen hatte, zwischen uns nie mehr ein direktes Wort. In der Woche danach waren die Zeitungen voll mit direkten Worten. Ich hätte sie, erzählten die blonden Mädchen und Jungen in der Süddeutschen, in der Zeit, in der Taz, an den schönen, gefrorenen, verschneiten Starnberger See gelockt und dort mit meinen scharfen Worten und jähen Gedankensprüngen massakriert. Wie hinterhältig, wie jüdisch von mir, dachte ich, einer gegen hundert, und obwohl ich nicht in Hamburg war, als ich das las, legte sich das kalte, schwere, nasse Hamburgtuch auf meine Schultern.

»Was hast du in Hamburg vor?«, sagte mein Vater abwesend zu mir wie zu einem Fremden.

»Was meinst du?«

»Was deine Pläne sind, meine ich.«

»Keine Ahnung. Ich hab noch ein paar Wochen frei, dann kommen die drei Monate bei der Zeit, und dann springe ich aus dem Fenster.«

Wir fuhren die Rothenbaumchaussee hoch, bogen in die Schlüterstraße ein, und links kamen die Gebäude der Universität, das Audimax, der Philosophenturm. In einigen Fenstern war Licht, lange matte Neonröhren beleuchteten kleine Räume mit gelben Wänden und grauen Bücherregalen. Wahrscheinlich war noch jemand da – an einem Tisch, über einem Buch, mit einem Stift in der Hand, an dessen Ende er wie ein Schüler kaute, ein längst vergessener, schon jetzt bedeutungslos gewordener Mensch. Der Gedanke an ihn machte mich traurig wie der an den eigenen Tod. Mir wurde übel, und ich stellte mir einen großen, grünen Hügel in Galiläa oder in der Jesreel-Ebene vor. Auf dem Hügel standen kleine weiße Häuser, es gab einen Swimmingpool, einen großen Speisesaal, Sportplätze, Orangenhaine, riesige Hühnerställe, das Surren von Sprinkleranlagen, die sich Tag und Nacht drehten, einen blauschwarzen Himmel mit hundert Sternschnuppen jede Nacht, und wenn man am späten Nachmittag von der Arbeit in sein kleines weißes Häuschen zurückging, saßen alte, kleine, kräftige Männer und Frauen vor ihren kleinen weißen Häuschen und sagten in die zurückweichende Tageshitze hinein: *Erev tov, motek, kol beseder?* Ich hatte oft diese süßliche Kibbutzphantasie, ich hatte sie immer, wenn mir das Herz wehtat, und mein Vater wäre glücklich gewesen, wenn ich ihm erzählt hätte, was ich gerade sah.

»Ist in meinem Zimmer alles wie früher?«, sagte ich.

»Das musst du deine Mutter fragen. Das Klavier haben wir, glaube ich, nicht verkauft.«

»Und das Bett? Ich hoffe, ihr habt das Bett nicht wieder ans Fenster geschoben.«

»Doch.«

»Aber da zieht's.«

»Du kannst auch ins Hotel gehen.«

Wir parkten in der Bieberstraße direkt vor dem Haus. Oben, auf dem Balkon, stand meine Mutter. Sie winkte nicht – sie winkt nie –, aber bestimmt lächelte sie, doch das konnte ich in der Dunkelheit nicht sehen. Ich hätte ihn fragen sollen, warum Efim mit uns allen nicht mehr redete, dachte ich, während ich die Taschen aus dem Kofferraum zog. Nein, ich hätte ihn fragen sollen, warum Mama und er noch immer zusammen waren. Nein – ich hätte ihn fragen sollen, wie er es seit fünfzig Jahren schafft, alles, was schwer ist, zu ignorieren, und stärker als Samson zu sein.

Ich schleppte stumm meine Sachen nach oben, schloss mich in meinem alten Kinderzimmer ein und rief heulend Donny an.

49

Wie sind Juden? Richard Wagner, die Nummer eins des modernen Antisemitismus, misstraute ihnen mehr als dem eigenen guten Gewissen. Er glaubte, dass Juden ständig und überall fremd sind. Darum, sagte er, sprechen sie die Sprache der Nation, an deren Brust sie sich pressen, wie Ausländer, egal, wie gut sie sie beherrschen. Darum können sie in der für sie fremden Sprache nie ein echtes, authentisches Kunstwerk erschaffen, denn sie fühlen nicht, was die Einheimischen fühlen. Und darum benutzen sie das Wort, geschrieben und gesprochen, immer nur als Waffe – denn wer kein Künstler sein kann, wird aus Neid und Verbitterung die Kunst zerstören. Jude gleich Kritiker und umgekehrt.

Natürlich gibt es nach Wagner schrecklich viele Juden, die so tun, als seien sie keine Juden. Die mag er am wenigsten. Fremd bei den eigenen Leuten, fremd bei den Fremden, werden sie kalt, herzlos und teilnahmslos die Gesellschaft anschauen, in die sie hineinwollen, aber nicht hineindürfen – und eines Tages werden sie noch mehr von ihren tödlichen Worten hervorholen und das ganze schöne, grüne, gemütliche Deutschland in Stücke hauen. Heine, Tucholsky und Broder müssen sich diesen von Wagner erfundenen Scheiß bis heute anhören.

Und wie sieht der deutsche Jude Marcel Reich-Ranicki die Juden? In einem Buch über jüdische Literatur spricht er so selbstverständlich und abschätzig von der »berühmten und berüchtigten Intensität der Juden«

wie ein anderer von dem schlechten Schnitzel, das er zum Mittagessen hatte. Er informiert alle, die es noch nicht wussten, über die »verblüffende und sogar als erschreckend empfundene Radikalität« der Juden, über ihre verdächtige Sucht nach Kompromisslosigkeit und Extremismus. Und weil sie so sind, wie sie sind, sagt er, werden sie von ihrer Umwelt bewundert, benutzt und beachtet – und verachtet werden sie auch noch dafür, das vor allem. Klingt nach zweitausend Jahren jüdischem Schuldgefühl, finde ich. »Für die Juden selber, die oft genug versucht haben, gegen ihre Eigenart anzukämpfen, schlug sie zu ihrem Unglück aus.« Wenn das wahr wäre, dann wäre es wirklich sehr interessant, Jude zu sein.

50

Und wie bin ich? Zuerst etwas zu meinem Charakter: kalt und warm, egoistisch und weniger egoistisch und sehr intensiv. Ich kann viel lachen, ich kann aber auch tagelang bedrückt sein. Ich hasse es, wenn die Frau in meiner Nähe Stimmungen hat, doch dass ich selbst so emotional wie eine alte, unverheiratete Jüdin bin, soll sie großmütig ertragen, sonst bekomme ich eine weitere Laune – die Abschiedslaune. Und: Ich bin kein Pessimist. Aber als Realist lebe ich mit dem Gedanken, dass alles egal ist, weil wir sowieso sterben werden. Trotzdem sollten wir gut sein, denke ich, damit jeder, der nach uns kommt, in einer Welt zu Hause sein kann, in der er so lange glücklich ist, bis auch er versteht, dass er sterben wird. Darum sage ich viel zu oft, dass mir etwas nicht gefällt. Wenn ich aber etwas mag – ein Lied, einen Menschen, eine politische Idee –, schreie ich vor Freude. Vielleicht kann ich aber bloß meinen Mund nicht halten, und das finden viele zu Recht ein bisschen extrem.

Natürlich bin ich auch sehr jüdisch. Ich kann schneller als andere beim Betrachten eines Problems die Perspektive wechseln, ohne Furcht, dass ich am Ende auf der falschen Seite stehen könnte, weil ich weiß, dass es immer einen Weg zurück gibt. Und ich lese fast nur jüdische Schriftsteller, denn sie sprechen von Sachen, die ich kenne. Trotzdem ist mein einziger Gott der Nichtjude Hemingway, und ein Leben ohne Bulgakows Ironie und die feine, schöne Trauer des hässlichen, spitzzähnigen F. Scott Fitzgerald wäre für mich kein Leben. Außerdem bin ich wie fast jeder Jude dafür, die Wirklichkeit zu akzeptieren und zu verändern – statt wie die meisten Christen auf das Paradies im Jenseits zu hoffen, aus dem, soweit ich weiß, noch nie einer zurückgekommen ist, um uns zu erzählen, wie es dort war. Was noch? Im Restaurant bin ich nie mit dem Tisch zufrieden, den man mir gibt. Ich sage über berühmte Leute gern, dass sie Juden sind, auch wenn sie es nicht sind. Ich finde es wichtig, besser Deutsch zu können als Deutsche, denn wenn es nicht so wäre, hätte ich einen schlimmen Außenseiterkomplex, aber den habe ich auch so. Und dass ich bei jedem verhärteten Muskel oder entzündeten Nagelbett denke, mein Ende sei gekommen, ist auch sehr jüdisch von mir. Schließlich bin ich – nicht nur bildlich gesprochen – seit ungefähr fünftausend Jahren auf dieser Welt, das macht anfällig.

Was für ein Gerede. Woher weiß ich, was an mir jüdisch und was Frage meines Charakters ist? Die Gesellschaft, in der ich lebe, weiß es genau. Für sie bin und bleibe ich Jude, ob ich will oder nicht, und das macht mich sehr viel mehr zum Juden als das vielleicht wirklich Jüdische an mir – die Hypochondrie, das Radikale, das Weibliche –, das ich von meinem armenischen Großvater geerbt habe.

51

Ich hatte im Pressehaus ein Zimmer mit Blick auf die traurige St. Petri-Kirche aus rotem Hamburger Backstein und die laute, graue Steinstraße. Das war mir egal. Die meiste Zeit verbrachte ich damit, Zeitungen zu lesen, mit Donny zu telefonieren und über neue Geschichten nachzudenken. Welche Geschichten waren gerade in Deutschland in Mode? Ich hatte keine Ahnung. Letztes Jahr hatte ich einen Roman des von Drogen und Wein durchlöcherten Jörg Fauser gelesen, an den konnte ich mich erinnern, weil er in Frankfurt spielte. Und von Rainald Goetz, den ich in München im Tanzlokal Größenwahn allein mit seiner Bierflasche tanzen gesehen hatte, kannte ich *Irre*. Das war wirklich nicht viel. Beide Bücher hatten keine Handlung, so viel hatte ich verstanden, und in beiden Büchern kamen Helden vor, für die das Leben ein toter Fisch war, den sie langsam mit angewidertem Gesichtsausdruck aufaßen. So konnte ich es nicht machen – sogar, wenn ich wollte. Würde ich darum nie Schriftsteller werden?

Eines Morgens brachte ich alle Geschichten, die ich schon hatte, ins Pressehaus mit und zeigte sie dem Redakteur, der im Zimmer neben mir saß. Dieser Mann war nicht viel älter als ich. Er war groß und stand immer schief da und hatte – man kann es kaum sagen – den geraden, mädchenhaften Haarschnitt von Prinz Eisenherz. Er hatte ein paar Jahre vorher beim Zeit-Pförtner unaufgefordert eine romanlange Thomas-Bernhard-Kritik abgegeben, und sie stellten ihn sofort ein. Einer wie er musste einen Sinn für einen Anfänger wie mich haben. Du siehst jemanden, der wie du vor Kraft strotzt, und flüsterst ihm zu: Halt durch.

Nach ein paar Tagen klopfte er heftig an meine Tür und brachte mir meine Geschichten zurück.

»Ich finde«, sagte er mit seiner – man kann es kaum schreiben – quäkenden Stimme, »das alles ist sehr übertrieben. Was soll das werden? *Die Protokolle der Weisen von Zion?*«

Ich wurde nicht rot, denn ich werde nie rot. »Was meinen Sie?«, sagte ich.

»Dieser Jude, der bei alten Nazis Geld für palästinensische Kinder sammelt – solche Leute gibt's doch gar nicht.«

»Doch.«

»Und wenn. Die Realität ist manchmal so unwahrscheinlich, dass man die Finger von ihr lassen sollte. Das glaubt Ihnen kein Mensch.«

»Finden Sie?«

»Und was ist mit diesem sexgierigen, diesem … geldgierigen jüdischen Schriftsteller aus New York?«

»Was ist mit dem?«

»Er kann nicht schreiben, und das weiß in Amerika jeder – aber in Deutschland ist er beliebt?«

»Ja, genau.«

»Na gut.« Er stützte sich an meinem Tisch ab, und als er die Hand wegnahm, blieb auf der weißen Fläche ein feuchter Fleck. »Und muss seine deutsche Geliebte in dieser Szene im Fahrstuhl wirklich anfangen, Jiddisch zu reden?«

»Wieso nicht?«

»Weil, weil …« Er machte ein paar Schritte zur Tür und schwankte gefährlich. »Weil man bei uns keinen Sinn für solchen Humor hat«, sagte er mit dem Rücken zu mir.

»Bei uns?«

»Was?«

»Ehrlich, ich hab gelacht beim Schreiben.«

Er blieb stehen und drehte sich zu mir um. Draußen ging ein Mann vorbei, den ich nicht kannte. Er schob sein scharfes, zartes, deutsches Gesicht ins Zimmer und sagte: »Ein neuer Praktikant?« Er hatte eine überraschend tiefe Stimme, und er trug – man glaubt es kaum – eine Franz-Liszt-Frisur.

»Ja. Guten Tag«, sagte ich und stand schnell auf. Während ich ihm die Hand gab, dachte ich daran, wie ich Donny am Telefon die Fahrstuhlszene vorgelesen und er, als ich fertig war, lange vor Neid geschwiegen hatte. Dann fragte ich mich, ob etwas, das komisch ist, Literatur sein kann. Und dann überlegte ich das erste Mal im Leben, warum ich so scharf darauf war, Schriftsteller zu sein. Nein, ich fragte mich, warum es mir immer so schlecht ging, wenn ich ein paar Tage nicht schrieb.

Als ich wieder aufwachte, war Franz Liszt weg, aber Prinz Eisenherz stand immer noch da und sah mir streng, ängstlich, unhöflich in die Augen. Er mochte mich nicht, das war klar. Aber er würde es mir nie sagen.

52

Der Redakteur mit der Franz-Liszt-Frisur – er hatte auch eine kleine, ovale Schubertbrille – hieß Ulrich Greiner. Ich vergaß ihn gleich wieder, aber ein paar Tage später sah ich ihn in der großen Konferenz im vierten Stock. Er hatte mit nach unten gesenktem Blick etwas über Heinz Galinsky gesagt, das ich merkwürdig fand. Ich fragte mich, wie alt er war. Ich ging ins Archiv, blätterte in einer angerissenen, grünen Mappe, die man mir gab, und fand das Jahr 1945. Wenn einer 1945 geboren wurde und Ulrich hieß, dachte ich aufgeregt, liebten seine Eltern entweder Musil und seinen *Mann ohne Ei-*

genschaften oder ein von Olerich, Adolf und Hermann bevölkertes Deutschland, das eben kaputtgegangen war. Nehmen wir an, überlegte ich weiter, so als schriebe ich eine Geschichte, nehmen wir an, es war Musil, denn so herum war es origineller. Die Hitlerzeit war für sie eine Katastrophe, sie hatten die neue Republik geliebt, die neue Literatur, das neue Berlin. Darum wollten sie nach dem 30. Januar emigrieren, aber das konnten sie nicht, weil sie in der Wilmersdorfer Straße die Pelzfirma ihrer besten Freunde – ich werde sie Blumenfelds nennen, beschloss ich – zum Schein übernommen hatten. 1945 gaben sie den Blumenfelds die Firma zurück, tauften ihren Sohn Ulrich und wollten die Nazis schnell wieder vergessen. Aber das ging nicht mehr. In ihren Köpfen hatte sich etwas verdreht in zwölf Jahren eddahaften Todestaumels, und um es wieder zurückzudrehen, waren sie nicht klug genug. Klug – ich konnte nicht aufhören, meiner neuen Geschichte zu folgen – war aber ihr Ulrich – und feinfühlig und weltgewandt. Sie schickten ihn ins Ausland, zuerst nach Frankreich, dann nach New York, und er schrieb ihnen fast jede Woche einen Brief. Darin ging es um die Bücher, die er las, um die salzige Luft in den Hamptons, um die Orchard Street, wo alles so war, als hätte keiner versucht, die Juden Europas umzubringen. Es waren schöne, optimistische Briefe, aber dann – ja, das war gut – traf Ulrich am Washington Square Ethel Blumenfeld, die nicht mit ihren Eltern nach Berlin zurückgegangen war, und Ulrichs Briefe bekamen einen anderen Ton. Ethel wollte Ulrich und sie wollte ihn nicht – und Ulrich war überzeugt, es lag daran, dass er Deutscher war, und das sagte er ihr. Als Ethel erwiderte, du spinnst, sagte er nichts und sah auf den Boden. Sie sagte, nimm das zurück, ihr seid die Rassefanatiker, nicht wir! Er schwieg, sie nahm aus der Küchenschublade ein Messer, hielt es ihm an den Hals und sagte noch mal, nimm das zurück. Er drehte sich erschrocken zur Seite, er versuchte, ihr das Messer wegzunehmen, und dann war Ethel tot. »Lieber Vater, liebe Mutter«, schrieb Ulrich nach Hause, »was soll ich tun?« Sie schickten ihm ein Telegramm: »Komm schnell zurück. Wir halten zu dir. Alles wird gut.« Ein wirklich guter, überraschender, unmoralischer Schluss.

Ich machte die angerissene, grüne Archivmappe zu und ging in mein Zimmer zurück. Ich guckte aus dem Fenster in den blinden Hamburger Winterhimmel. Man konnte in ihm verloren gehen, wenn man zu lange hineinguckte. Die Glocken von St. Petri schlugen sechs Uhr. Ich war aufgeregt, deprimiert, und dann bekam ich diese manisch gute Laune, die mich oft minutenlang wie tausend warme Hände durchs Leben trug. Nein, ich würde die Ulrichgeschichte nicht schreiben, dachte ich erleichtert, natürlich nicht, sein deutsches Leben tat meiner Phantasie nicht gut. Er und ich hatten nichts miteinander zu tun. Ich war in einen dunklen, kalten Keller hinabgestiegen, in dem, wenn man Licht machte, nur feuchte, fleckige Wände zu sehen waren, alte Bilder mit Hirschen und Wiesen und Möbel aus billiger Eiche, und ein, zwei kleine ängstliche Mäuse rannten hin und her und verschwanden sofort.

Drei Jahre später dachte der kluge, feinfühlige Ulrich –

ich meine den echten Ulrich Greiner mit der Franz-Liszt-Frisur, von dem ich bis heute nicht mehr als sein Geburtsdatum weiß – über mich und mein jüdisches Leben auch sehr viel nach. Aber er schrieb es auf. Das war, nachdem ich in einem großen, weißen Reisebus mit fünfzig jungen deutschen Juden Auschwitz und Majdanek besucht und darüber zehn harte, pathetische Seiten für Tempo gemacht hatte. Er erklärte, als läge alles in Trümmern, entsetzt in der Zeit: »Ein jüdischer Nolte? Ach was. Ein jüdischer Sohn, der weiß: Mit so einem blasphemischen Holocaust-Rap kann ich sie hochkriegen.« Wieder zwei Jahre später erschien mein erstes Short-Story-Buch, und er meinte, jetzt schon kühler: »Biller darf das, denn Biller ist jung, und Biller ist Jude.« Warum regte er sich so auf? Weshalb dieser kalte, ängstliche Blick? In den drei Monaten, in denen ich im Pressehaus aus dem Fenster geguckt und mit Donny telefoniert hatte, hatten Ulrich Greiner und ich dreimal drei Sätze miteinander gewechselt, mehr nicht. Vielleicht stand wirklich in seinem Regal *Der Mann ohne Eigenschaften*, die Erstausgabe von 1930, von seinen Eltern geerbt.

53

Polen 1988. Ich legte in dem großen, weißen Reisebus meinen Kopf auf Tami Kiselsteins Schoß, sie legte die Hände auf mein Gesicht. Donny war nicht mitgekommen, das war unser Glück. In Krakau, gleich in der ersten Nacht, gingen wir zusammen in ein Zimmer, obwohl Tal Kalnik dagegen war. Was konnte er machen? Wir schliefen steif nebeneinander, ohne uns zu berühren, und als am Morgen der Streber Aviv Gurewicz gegen die Tür hämmerte und rief, in einer halben Stunde ginge es weiter nach Plaszow, sprang die lange, dünne Tami erschrocken auf, wickelte sich in ihre Bettdecke ein und rannte ins Bad. Ich ging hinter ihr her und fand sie auf dem Badewannenrand hinter der Tür. Sie atmete schnell und laut und stieß kleine Seufzer aus.

Vor dem großen Holocaustdenkmal in Plaszow, das wie die steinerne Faust eines polnischen Werftarbeiters aussah, hielten wir uns bei der Hand. Alle guckten natürlich. Und in Majdanek standen wir, die Köpfe aneinandergelehnt, in einer grauen hellen Gaskammer zwischen den beiden grinsenden Moijsej-Brüdern, und Mirek sagte: »Junges Glück, was«, und Jerzy sagte: »Passt auf, Tal beobachtet euch.« Tal Kalnik, unser Tourguide von der ZJD, wollte keine Liebespaare auf dieser Reise. Er wollte junge deutsche Juden, die von morgens bis nachts daran dachten, dass es sie jederzeit auch erwischen konnte, wenn sie nicht bald nach Israel verschwanden. Tami und ich dachten von morgens bis nachts an etwas anderes. Trotzdem weinte Tami in Birkenau, als wir hinter dem weltberühmten schwarzen Tor bei den Gleisen standen und ein paar unangenehm dicke Raben vom Himmel segelten. Sie setzten sich neben uns und sahen uns so kalt und furchtlos an, als wären sie die Menschen, nicht wir. Während Tami schluchzend ihren Kopf auf meine

Schulter senkte und ihre langen Arme um mich legte, dachte ich an Klara aus Holon, die fünfundvierzig Jahre vorher hier war und Mengele vorspielen musste, sie sei gesund, aber er sah in der Viertelsekunde, die er für sie hatte, dass sie log. Dann überlegte ich, wie wir die Sache mit Donny regeln würden. Ich würde mich zwischen ihm und ihr entscheiden müssen. Ich wusste nicht, wie das gehen sollte.

Was ich an Tami mochte: Dass sie mich mochte, dass sie auf der Reise Kissingers Memoiren las, dass sie Jüdin war. Und dass sie keine Angst vor der Angst der Deutschen vor ihrer Geschichte hatte. Mit Tami, der mutigsten Siebzehnjährigen der deutschen Diaspora, fehlte mir nichts mehr. Jeder neue Gedanke, den ich ab jetzt hatte, sollte mich nicht mehr, so wie früher, vor echten und erfundenen Schwierigkeiten retten. Nach Polen war alles fast wie immer: Ich schrieb, ich guckte mir Fußballspiele im Fernsehen an, ich machte Lesungen in großen und kleinen deutschen Städten, ich schlief gut, ich schlief schlecht, ich las Ernst Noltes *Europäischen Bürgerkrieg*, ich kam nach drei Wochen aus Italien oder New York nach Deutschland zurück, ich saß im August in der leeren Maximilianstraße draußen im Schumann's und George Tabori hinkte vorbei, ich bekam gute Kritiken und solche, in denen ich mit meinen Figuren verwechselt wurde, ich tanzte zu Hause allein Salsa, ich hatte Kopfschmerzen, ich hatte keine – aber es fiel mir nicht mehr ein, anzunehmen, das Schlechte, das vielleicht gerade passierte, sei schlecht, weil ich unter Leuten lebte, für die ich immer nur Jude war, während das Gute bloß Zufall sei.

Drei Jahre bekamen Tami und ich, mehr nicht. Und fünf Tage und fünf Nächte, nachdem die Raben von Birkenau mit Tami und mir Doktor Mengele gespielt hatten, waren wir wieder in Frankfurt, und ich saß mit Donny in seinem schwarzen Donny-Gold-Mercedes-Cabrio vor dem Grüneburgpark, er heulte, und ich war, was ich sonst nie war – wie gelähmt.

»Aber ihr wart doch gar nicht richtig zusammen«, sagte ich leise.

»Nein«, sagte er, »na und?«

»Es tut mir leid.«

»Ich hab's schon seit Tagen gewusst«, sagte er. »Die verdammte Karotte rief mich ständig aus Polen an und erzählte mir alles. Du hast für Tami in Krakau auf dem Friedhof mit dir selbst Hora getanzt und zum Schluss deine Kippa in die Luft geschmissen, und sie blieb in einem Baum hängen. Ja?«

»Ja.«

»Und ihr habt immer in einem Zimmer geschlafen.«

»Ja.«

»Richtig geschlafen?«

»Bist du verrückt? Ich muss doch vorher Ion Kiselstein fragen – und dich.«

Er starrte mich an, und seine tiefen usbekischen Augen lachten, obwohl sie voller Tränen waren.

»Wir bleiben Freunde«, sagte er, »ja?«

»Ja, Mr. Gold.«

Er küsste mich, ich küsste ihn.

»Jetzt entspann dich«, sagte er. »Du bist so steif wie mein Ding nie war.«

»Und du hör auf zu stieren.«

»Soll ich dich noch irgendwo hinfahren?«

»Am besten nach Polen, Mäuschen«, sagte ich. »Eine einzige verdammte Woche in der Zeit zurück, das genügt.«

»Würdest du dann etwas anders machen?«

»Ja, ich schwör's.«

»Was?«

»Ich würde noch mehr Dosen von dem billigen Belugakaviar kaufen, den es in Warschau gab.«

»Küsst sie gut?«, sagte er und machte den Motor an.

»Hör auf«, sagte ich.

Wir rollten langsam den Grüneburgweg runter, bogen in die Friedrichstraße ein, und an der Bockenheimer Landstraße stieg ich wortlos aus. Dort nahm ich die U-Bahn und fuhr zu Tami und ihren Eltern zum Mittagessen nach Bockenheim.

Auschwitz, so kann man es auch sagen, waren nicht Millionen gebrochener Zähne, Seelen und Herzen. Auschwitz waren Donny, Tami und ich, was wusste der kluge, feinfühlige Ulrich schon.

54

Die große Konferenz im vierten Stock war jeden Freitag um vier. Ich saß in der zweiten Reihe, an der Wand, wie die anderen Hospitanten, und ich hätte auch dafür bezahlt, wenn man es von mir verlangt hätte. Jeden Freitag um vier war ich ein staunender Fisch, der aus dem Meer kriecht. Plötzlich wachsen ihm Beine und Arme, aus seinen Kiemen werden Lungen, und er atmet jetzt nicht nur anders, er kann gehen, schreiben und Sachen denken, die er achttausend Meter unter dem Meeresspiegel nie gedacht hatte.

Theo Sommer, der Chefredakteur, Rudolf Walter Leonhardt, der Autor, Fritz J. Raddatz, der Kulturchef, und wer immer sonst noch da war, bevor Giovanni kam – sie redeten über eine Welt, die ich nicht kannte, und sie redeten über sie, wie ich noch nie jemanden in Deutschland reden gehört hatte. Verliebt in den eigenen Gedanken, hörten sie sich den Gedanken des Kontrahenten mit gespitztem, ernstem Mund an. Sie sprachen von Artikeln, die sie schreiben wollten, als wären sie schon geschrieben, sie umrissen mit melancholischer Skepsis die großen und kleinen Systeme, sie erzählten, was Jimmy Carter, Rajiv Gandhi, Heinrich Böll gestern zu ihnen gesagt hatten, sie stellten sich nie über die Großen der Größten, sie verloren sich nicht im Detail. Diese ungewöhnlich zuversichtlichen Männer nannten sich beim Vornamen und sagten »Sie« zueinander. Sie tranken Wasser mit zu viel Kohlensäure oder dünnen Tee. Und sie trugen Anzüge aus den siebziger Jahren, mit schmalen Schultern und gestreift, und ihre Krawatten waren viel zu breit, dafür aber so englisch wie die Verkäufer bei Ladage & Oelke am Neuen Wall. Zwischen ihnen saß an dem langen U-förmigen Tisch auch der tote, wie mit Wachs überzogene englische Presseoffizier, der im

Februar 1946 Gerd Bucerius, dem hektischen, geizigen, freiheitsliebenden Zeit-Verleger, erlaubt hatte, diese Zeitung zu machen, und er fragte sich, wie lange das noch gut gehen wird.

Denn manchmal, wenn keiner damit rechnete, sagte jemand, der sonst nichts sagte, mit nach unten gesenktem Ulrichblick einen Satz, der sich im vierten Stock des Pressehauses so fremd anhörte wie Bob Dylans elektrische Gitarre bei seinem ersten E-Gitarren-Konzert. Es war eine leise, beleidigte Bemerkung. Sie blieb in der Luft hängen und vermischte sich mit dem Rauch der hundert atemlos gerauchten Zigaretten, und keinem, bis auf den toten Engländer, fiel auf, wie ernst sie gemeint war. Vielleicht ging es gerade um eine hilflose Intrige der neuen grünen Partei, vielleicht um die Frage, warum Hubert Fichte von Raddatz so oft die erste Seite bekam, vielleicht fuhr seit Tagen Schimon Peres durch Deutschland und verteilte umsonst seine weltfremden Ideen – und aus dem Rauch der hundert Zigaretten trat plötzlich ein trauriger, geschichtsloser deutscher Junge mit ältlichen Gesichtszügen heraus, und er sagte flehend, ohne es wirklich zu sagen, ich war im Keller und klapperte mit den Milchzähnen, als die Bomben auf uns heruntersausten, ich musste Panzerfäuste schleppen, ich durfte Thornton Wilder nicht lesen, ich habe meinen toten Soldatenvater nur bei meiner Zeugung gesehen, ich war ein Opfer Hitlers wie »die«.

55

Sätze ohne Zusammenhang ergeben oft erst viel später einen Sinn. Einer sagt hier was, einer sagt dort was. Es war wie ein Marsch der Worte auf ein geschleiftes, vom Krieg zerstörtes, schwer atmendes Berlin. Wir wollen unsere Unschuld zurückhaben, flüsterten die lange unsichtbaren, gelehrten jungen Männer in den Redaktionen, Lehrerzimmern und Universitätskantinen, wir wollen unseren Stolz zurück, wir wollen die Sonntagsbratendepression zurück, wir wollen Nietzsche zurück. Wir wollen, dass der Reichstag bald wieder vom leisen, höflichen, deutschen Summen erfüllt ist, wir wollen keine Mörderkinder mehr sein, wir hassen den Gedanken daran, dass in unserem Namen – also in deutschem Namen – Hitler beschloss, bis auf die eigene weinende Nation den Rest der Menschheit in den Mülleimer zu werfen. Die Verantwortung geht auf der Stelle zurück an die Geschichte! Die Geschichte war vor uns, und sie wird nach uns sein, und wir sind zu Hause in einer uns gewogenen Zeit – das redet ihr uns nicht aus, ihr nachtragenden Opferkinder.

Der stille Marsch der Worte auf Berlin begann mit der Liebe der Frauen und Männer der RAF zu einem Nahen Osten der arabischen Nation. Das war Ende der sechziger Jahre. Viele von denen, die im Westend Ignatz Bubis und Jossele Baumbach die schönen, verfallenen Villen wegnehmen wollten, reihten sich bald ein. Der Freund der Kunstfreiheit, der Fassbinders Judenstück als Intendant durchsetzen wollte, ging mit, er dachte und sagte, für Leute wie Donny und mich sei das Ende der Schonzeit gekommen, als wären wir Füchse und Rehe im Herbst. Ich sehe in dem wachsenden Menschenzug sehr früh das wütende, alemannische Gesicht des Schriftstellers Martin Walser. Ich erkenne den klugen, traurigen, steinreichen Rudolf Augstein, den übermüdeten Botho Strauß – so steht er einmal in Riem am Flughafen vor mir –, den weißhaarigen, unsterblichen Ernst Jünger. Und da ist auch der FDP-Politiker, der sein Leben der arabischen Sache widmete: Er lässt vor seinem tödlichen Sprung ohne Fallschirm eine Million Flugblätter drucken, auf denen er dem schönen, lebenssüchtigen Juden Friedman Charakterzüge andichtet, die er selbst leider nie hatte.

Mittendrin, wie ein Offizier, der die Schlacht nicht nur vom Hügel beobachten will, ein mutiger Professor für Neuere Geschichte. Zarte Mundwinkel, eingebildetes Wissenschaftlerlächeln als kristalldünne Fassade, eine von Geburt an verstümmelte linke Hand, die ihn vierzig Jahre vorher davor bewahrte, in den echten Krieg zu ziehen. Er, die Intelligenzbestie, wie er sich selbst nennt, ist unglücklich darüber, dass seine Freunde, seine Klassenkameraden und sein siebzehnjähriger Bruder sterben mussten, bloß er nicht. Sowas kennen sonst nur Leute wie Klara: Du bist schuldig, weil du im Gegensatz zum Rest deiner Leute weitermachen darfst, unschuldig sind aber die, die starben. So denkt es, denke ich, auch in dem mutigen Professor, ob er will oder nicht, und darum, denke ich, will er mit aller Macht die Unschuld seiner

Generation beweisen. Sie waren die Opfer, wie wir, die wir nicht starben, schreibt er auf der ersten Seite eines längst vergilbten Feuilletons, und schuld war das, was vorher war – für ihn, die Intelligenzbestie mit der verkrüppelten Hand, der Bolschewismus, Stalins Attacke auf das Weltbürgertum. Hitlers Antwort sei darum nur Selbstverteidigung gewesen und die Selbstgeißelung der guten Deutschen nach 1945 unhistorische Fußküsserei. Wir sind die Opfer, schreibt und flüstert der Professor, der Ernst Nolte heißt, und alle anderen in dem stillen Zug auf Berlin murmeln fasziniert, entsetzt, trotzig seine Worte mit, und manchmal marschieren sie mitten durch die Freitagskonferenz der Zeit.

Im November 1989, es sind gerade ein paar schnelle, kalte, heiße Tage in Dresden, Leipzig, Ostberlin vergangen, werden sie lauter. Manche von ihnen können kaum lesen und schreiben, aber sie erkennen einen Nichtdeutschen schon von Weitem und sagen es ihm. Wir sind die Opfer, schreien sie, nicht du! Und ich, der Junge mit der schwarzen Brille, der strengen Jabotinsky-Frisur und dem New-Wave-Anzug, frage mich leise in meiner zweiten Praktikantenreihe, was bin dann ich? Kein Jude, kein Deutscher, nur jemand, der schreiben will? Gern – wenn man mich lässt.

»Eine interessante Bemerkung«, sagte Theo Sommer zu Prinz Eisenherz und sah an ihm wie an einem schlechten Kellner vorbei. »Sie sehen eine Verbindung zwischen der terroristischen Vergangenheit von Menachem Begins Irgun und der SS?«

»Nicht direkt«, sagte Prinz Eisenherz.

»Aber?«

»Man kann die Geschichte nicht aus dem Zusammenhang lösen. Aber man muss es, wenn man nicht Opfer seiner Zeitgenossenschaft werden will. Das ist natürlich ein Widerspruch. Es gibt ein paar interessante Stellen dazu bei Heidegger.«

»Na gut«, sagte Theo Sommer gelangweilt, »das werden wir einmal hoffentlich von Ihnen genauer lesen.«

Und der tote englische Presseoffizier schüttelte verzweifelt den Kopf und ruderte mit den Armen, aber niemand sah ihn, nur ich.

56

Ich saß am späten Abend im überheizten Wohnzimmer meiner Eltern in der Bieberstraße. Es roch scharf nach den Lilien, die mein Vater meiner Mutter vor ein paar Tagen nach einem Streit gekauft hatte. Der Fernseher lief und warf orangeblaue Schatten gegen die Wand, und meine Mutter und ich sahen 3 *nach* 9, während mein Vater sich nebenan im Arbeitszimmer über seine tausend Blätter beugte und die Montageanweisung für eine neue Siemens-Unterwasserpumpe ins Russische übersetzte. Seine Schreibmaschine machte schrecklichen Krach, aber das hörten wir nicht, denn seit dreißig Jahren saß er im Arbeitszimmer – in Prag in der Laubová und in der Krkonošská, in Hamburg zuerst in der Von-der-Tann-

Straße und jetzt hier – und tippte von frühmorgens bis spät nachts. Ich lag auf dem großen Sofa, meine Mutter lag auf dem kleinen Sofa, und der schöne weiße Hund meiner Mutter hatte sich unter den Tisch gerollt und schlief.

Mir war schlecht vor Aufregung, und etwas so unglaublich Anstrengendes wie Angst vor Einsamkeit war auch dabei. Es war mein letzter Abend zu Hause. Am nächsten Morgen würde ich meinen Koffer, die Gitarre und die Schreibmaschine nehmen und nach neun Monaten nach München zurückfahren. Ich würde nach Schwabing ziehen, in ein großes, helles Zimmer in der Isabellastraße, das ich vorher nicht gesehen hatte. Ich wusste nicht, ob das falsch oder richtig war, aber ich sah die Pappeln der Leopoldstraße vor mir, wie sie im Wind hin und her schaukelten, und ich freute mich, bald wieder in einer deutschen Stadt zu sein, wo der Sommer doppelt so lang dauerte wie anderswo. Das – und Straßen, die schmal genug waren, einem die Angst vor dem Leben zu nehmen, und Boulevards, die breit genug waren, einen an Paris und Tel Aviv zu erinnern – würde mir helfen, auszuhalten, was vor mir lag. Die Welt würde sich ändern, und ich würde mich ändern, aber ich würde nie so tun, als verstünde ich nicht, was gerade geschah. Darüber würde ich ein ganzes Buch mit Geschichten schreiben, voll mit Juden, Sex und Antisemiten, und danach würden die Gojim den in mir sehen, der ich nicht bin, und mich natürlich genau dazu machen, wie schon Reich-Ranicki, Hilde Domin, Hellmut Freund und die anderen vor mir, das alte Juden-Nichtjuden-Juden-Spiel.

Das, schwöre ich, wusste ich in dem Moment wirklich, auch wenn ich keine Worte hatte, es zu denken, aber ich hörte das Schicksal flüstern, komm, bleib jetzt bloß nicht stehen, und ich stotterte, sehr witzig, wie kann ich da Nein sagen? Daraufhin besserte sich meine Laune für ein paar Augenblicke.

Ich hatte in Hamburg nichts hingekriegt, aber die Schuld dafür fand ich nicht bei mir. Ich hatte nur für den traurigen Filmredakteur der Zeit ein paar kurze Filmkritiken geschrieben, die sogar erschienen waren. Und einmal schrieb ich ohne Auftrag viertausend Zeichen darüber, warum Intellektuelle das Fernsehen lieben sollten, und einen Tag später rief mich Hellmuth Karasek vom Spiegel an. Er sagte, wir müssten uns treffen, und nach unserem Treffen rief er mich wieder an und sagte, ich könne für ihn etwas über die Zuckerman-Trilogie von Philip Roth machen – und zwanzig Jahre später sagte er im Zug von Hamburg nach Berlin zu mir, ich hätte ihn wahnsinnig an den jungen Kafka erinnert, keine Ahnung wieso. Das war also der idiotische Grund für einen Auftrag an einen vierundzwanzigjährigen Anfänger gewesen, so verrückt und unerwartet, dass ich ihn erst einmal ablehnte. Ich wollte, wenn ich in München war, mein Buch fertig schreiben – und nicht über die Bücher anderer Leute schreiben, egal, wie viel Eindruck sie auf mich machten.

Meine Mutter war vor dem Fernseher eingeschlafen, und sie sah jetzt hübscher und jünger aus als meine Schwester. Mein Vater tippte immer noch. Ich beobachtete durch die halb offene Schiebetür kurz sein dunkles

Chefgesicht, dann stand ich leise auf, trat fast auf den großen weißen Hund und ging in mein Zimmer. Ich machte die Tür zu und setzte mich aufs Bett. Das Bett gehörte mir, seit ich fünfzehn war. In den hohen, dunkelbraunen Regalen standen die deutsch-russischen Wörterbücher und sowjetischen Lexika meines Vaters, aber viele von meinen alten Büchern waren auch noch da – *Unterwegs* von Kerouac, der zweite Band der Herzl-Tagebücher, *Schwejk* auf Tschechisch, *Götter, Gräber und Gelehrte* und hundert andere Bücher über Griechen, Etrusker und Juden. Über dem hässlichen Klavier aus heller Eiche, das meine Eltern meiner Schwester und mir von ihrem ersten Westgeld gekauft hatten, hing eine Karikatur, die vor Jahren in Prag jemand von Gabriel Laub gemacht hatte: Er war damals schon sehr dick, und er saß an einem Tisch und aß um sein Leben. Daneben war ein sehr dunkles, hässliches, braungelbes Bild, das meine Eltern mir zum Geburtstag geschenkt hatten. Es zeigte Jerusalem bei Nacht – sieben, acht Jahre lang bewachte es meine Träume.

Ich setzte mich ans Klavier und fing an zu spielen. G, e-Moll, C, D, immer im Kreis. Ich sang einen neuen Song:

Ich bin so wahnsinnig schön depressiv,
ich glaub, das ist bis jetzt
mein allerschärfstes Tief,
ich könnt kotzen und heulen
und schreien und komponieren,
I love my Leid.

Ich hoffe sehr, das hört niemals mehr auf,
zugrunde gehen ist
ein schöner alter Brauch,
ich möcht kotzen und heulen
und schreien und emigrieren,
I love my Leid.

Die Tür ging auf, und mein Vater steckte wütend den Kopf ins Zimmer. Ich tat so, als hätte ich ihn nicht bemerkt.

»Hör auf!«, sagte er grob. »Bist du verrückt geworden? Es ist halb zwölf. Die Leute schlafen schon.«

»Echt?«, sagte ich, während ich, ohne zu singen, weiterspielte. G, e-Moll, C, D, weiter und weiter.

»Ja«, sagte er.

»Danke.«

»Was danke?«

»Ach, nichts.«

Ich hörte auf, klappte das Klavier zu und tat so, als sei er nicht da, bis er wirklich verschwand. Dann packte ich ein paar letzte Sachen in meinen Koffer, putzte mir die Zähne und ging schnell ins Bett. Kaum hatte ich den Kopf aufs Kissen gelegt, war ich schon weg. Ich musste für die nächsten Jahre so viel wie möglich vorschlafen.

57

Das alles ist ewig her. Meine Geschichten haben sich seitdem oft verändert, und der Wagen hinter mir wird immer voller, nicht leerer. Die elektrische Olivetti gibt es nicht mehr, aber beim Schreiben sage ich immer noch zu mir selbst, dies sind meine Leute, das ist ihnen passiert, das hätte ihnen passieren können. Tonnenschwere, graublaue Wolken rasen im Sommer und Winter über das Dach meines Hauses und über die Dächer der Deutschen hinweg. Manche von ihnen wissen, wie ich das alles meine, denn ihnen wurde in der deutschen Ausgabe des Rolling Stone erklärt, dass ein Schriftsteller auf dem Papier Gonzo sein muss, das haben sie nicht vergessen und sogar selbst versucht. Andere fühlen sich wie zu Unrecht Verletzte, wenn sie bei mir von jungen und alten Juden lesen, die anders dächten, vielleicht sogar anders aussähen ohne den von den Rassentheoretikern des 19. Jahrhunderts herbeigeschriebenen großen Mordversuch. Wir haben nicht gewollt, was war, sagen diese anderen Deutschen verständnislos, warum erinnert er uns so beharrlich an fremde Erinnerungen? Ich bin nicht beharrlich, sage ich, ich habe ein Leben, das nicht euer Leben ist, obwohl ich unter euch lebe, und davon erzähle ich, wie es mir einfällt. Das habe ich bei Bellow und Richler gelernt, ich dachte, das kann man überall machen. Wir missverstehen uns immer öfter, und ich ziehe immer öfter die tonnenschweren Wolken vom Himmel herunter. Ich stehe, böse und allen das Ende wünschend, wie Elia auf einem nackten Stück Erde und rufe, ihr seid es nicht wert! Das rufe ich auch in Artikeln, in denen, anders als in der Literatur, nicht alles erlaubt ist, denn journalistische Wahrheiten sind schon morgen Lügen und darum Verletzungen, die keiner verdient. Ich weiß es, ich tue es trotzdem, und das ist ein weiterer Fehler. Jetzt sehe ich immer mehr so aus, wie sie mich von Anfang an gesehen haben – zuerst war ich der süße junge Jude, dann der kafkahafte junge Jude, dann der widerspenstige Jude, dann der destruktive Jude, dann der jüdische Jude. Sie sollten mir dankbar sein. Wüssten sie ohne mich, wer sie sind? Ich gehe einmal im Jahr zwischen den kalten Stelen des Holocaustmahnmals an der Cora-Berliner-Straße hindurch und denke, wahrscheinlich nicht. Ich bin intensiv und extrem und nicht ganz so kleinwüchsig, wie sie mich in Erinnerung haben. Ich habe fast immer eine andere Idee als sie. Ich errege Aufmerksamkeit bei ihren Frauen, die mit ihrer eigenen Welt unzufrieden sind. Dafür – und für vieles mehr – können sie mich still und leise verachten. Es hilft ihnen, nach sorglosen Jahrzehnten der Selbstverleugnung sie selbst zu sein. Ich bin also auch nur ein gebrauchter Jude, wie Gabriel Laub es war! Oder wie Heinrich Heine, dessen jüdische Seite einer von ihnen schaudernd, bewundernd, kalt als Wurzel von Heines »polemischem Temperament, melancholischer Heiterkeit, göttlicher Frechheit und widersprüchlicher Andersartigkeit« bezeichnet. Das bin ja ich, denke ich, nur nicht so genial, und der das schreibt, 1961, ist der angelsächsisch näselnde Reich-Ranicki-Rivale Rudolf Walter Leonhardt.

Ausgerechnet ihm sitze ich im Herbst 1984 in seinem extrem hellen Zeit-Zimmer gegenüber. Noch halte ich die Zeit für eine wichtige, harmlose Zeitung, ich habe sie bis jetzt nie gelesen, ich weiß nichts von Franz Liszt und Prinz Eisenherz. Ich sage auftrumpfend, ich habe nur zwei Artikel in der Elaste, zwei im Cheschbon und eine Geschichte in den Neuesten Frankfurter Nachrichten veröffentlicht, Herr Leonhardt, kriege ich trotzdem bei Ihnen ein Praktikum? Er sagt sofort Ja. Er sieht mich an, wie man jemanden ansieht, den man beobachtet, weil man ihn fürchtet und braucht, und ich merke es natürlich, aber damals ist mir das egal.

Inzwischen ist es mir nicht egal. Ich will nicht Jude sein, weil man mich als Juden sieht. Ich will Jude, Mann, Schriftsteller sein, weil ich es bin. Aber wie macht man das, wenn man wegen seines Kommunistenvaters nicht an Gott glaubt und aus Trotz gegen dessen späte zionistische Bekehrung nicht in Israel lebt? Früher bekamen Leute wie ich vom Fürsten einen Schutzbrief – damit konnten sie unter den Christen leben, und keiner tat ihnen was, meistens nicht, und sie hatten es auch noch schriftlich, dass sie direkt aus Ur in Chaldäa nach Europa gekommen waren.

58

Marcel Reich-Ranicki hatte einen schönen, schwarzgrauen Anzug an, und er lächelte wie mein Vater, wenn er gerade niemandem ins Leben hineinreden will. Er nahm meine Jacke, hängte sie vorsichtig an die überfüllte Garderobe im kleinen Flur und führte mich leicht humpelnd ins Wohnzimmer, wo unter hundert Schriftstellerporträts auf einem schwarzen Ledersofa seine kleine, damenhafte Frau saß und Menthol-Marlboros rauchte. Sie gab mir die Hand und sagte, es freue sie sehr, dass ich zu ihnen gekommen sei. Es war Mitte April, und die Bäume im Frankfurter Dichterviertel waren noch kahl und schwarz.

Wenn Politiker einander begegnen, die sich nie vorher gesehen haben, ist es wahrscheinlich ähnlich. Man ist schnell bei den Dingen, die man unter Freunden und Verwandten ein halbes Leben lang gegenseitig verschweigt. Nach wenigen Minuten zog Reich-Ranicki mit einer eckigen Bewegung aus der Hosentasche den Brief, den ich ihm vor Weihnachten geschrieben hatte, und wir fingen an, zu verhandeln. Seine Frau sagte ab und zu auch etwas. Einmal bemerkte sie, dass er und ich einen anderen Beruf hätten, er sei Kritiker, ich Schriftsteller, das mache jeden von uns auf eine andere Art unvorsichtig. Wir nickten beide. Einmal ging es um Richard Wagner, und sie sagte, den könne sie im Gegensatz zu ihrem Mann nicht ausstehen, Chopin klinge menschlicher. Und einmal sagte ich, ich könne nicht verstehen, wie mein Vater in der Zeit von Stalin Kommunist werden konnte, worauf sie meinte, sie und Marcel könnten das sehr gut verstehen, Stalin habe wie kein anderer mit den Deutschen abgerechnet. Als Reich-Ranicki kurz rausging, um für mich sein Heine-Buch zu holen, sagte sie, als polnische Jüdin aus assimilierter Lodzer Familie lebe sie in Deutschland bis heute im Exil. Für Marcel sei die Flucht aus Polen hierher in den fünfziger Jahren eine Heimkehr gewesen.

»Sie fragen mich in Ihrem Brief«, sagte Marcel Reich-Ranicki und schaute auf das zerknitterte Blatt in seiner Hand, »ob ich der letzte deutsche Jude bin, der immer noch lieber Deutscher als Jude wäre. Was für ein Blödsinn!«

»Das tut mir leid.«

»Man kann es sich nicht aussuchen, ob man Jude ist oder nicht. Verstehen Sie?«

»Aber man kann versuchen, sich in Luft aufzulösen.«

»Wie soll das gehen?«

»Es gab Juden, die Christen wurden. Es gab Juden, die gesagt haben, dass sie Richard Wagner lieben. Entschuldigen Sie, das soll nicht frech klingen.«

»Mein Großonkel«, sagte er, »lebt in Stockholm. Er ist 99, und es ging ihm auch schon mal besser. Er sagt, er würde nie konvertieren, aber er wäre glücklich, wenn unsere Vorfahren das für uns vor zweihundert Jahren erledigt hätten. Warum wollen Sie das alles so genau wissen? Denken Sie selbst daran, wie sagten Sie – sich in Luft aufzulösen?«

Ich drehte entsetzt den Kopf hin und her wie jemand,

der nicht lügt, aber Angst hat, als Lügner ertappt zu werden.

»Es ist schwer, Jude zu sein«, sagte Reich-Ranicki, ohne den Anflug eines Seufzers. Er klang so unbeeindruckt wie mein Vater, wenn er sagt, ich soll eine Frau, die mich betrügt, verlassen, nach zwei Monaten wäre die Sache für mich erledigt.

»Sagen Sie das«, sagte ich, »weil Sie fürs Judesein fast mit dem Leben bezahlt hätten?«

»Judesein ist ein seltsames Wort ... Ja.«

Gut, auch kein Problem, dachte ich, dann werde ich mir eben keine Notizen machen, wenn ich hier raus bin.

»Wissen Sie« – er faltete den Brief zusammen und schob ihn wieder in die Hosentasche –, »ich habe Ihnen immer misstraut.«

»Darum meinten Sie, als mein erstes Buch erschien, Sie wollten auf keinen Fall darüber reden?«

»Das weiß ich nicht mehr. Ich hielt Sie« – er lehnte sich aus seinem Sessel weit zu mir vor – »ich hielt Sie nach unserem Interview ... wann war das eigentlich?«

»1984.«

»Ich hielt Sie für einen jüdischen Antisemiten.«

»Und ich dachte, Sie sind ein Jude, der keiner sein will.«

»Wie zwei alte, vergessene Emigranten in einem Nabokov-Roman«, sagte Frau Reich-Ranicki mit einem lichten, aufrichtigen Lächeln. »Wer will noch Tee?«

»Und Ihnen macht es also Spaß, Jude zu sein, ja?«, sagte er.

»Man kann es sich nicht aussuchen, hat einmal jemand zu mir gesagt«, erwiderte ich.

59

Ich habe ihnen dann von meiner ersten Reise nach Los Angeles erzählt, aber es interessierte sie nicht besonders. Dass ich im Februar mit meiner Tochter in Berlin in der Staatsoper in *Don Giovanni* war, wollten sie lieber hören. Beide lächelten, als ich beschrieb, wie Rosa vier Stunden auf der Kante ihres Sitzes saß und ernst, aber unbeeindruckt zu dem feldherrnhaft-unjüdisch tänzelnden Daniel Barenboim in den Orchestergraben hinunterblickte. Ich machte sie nach, und als ich merkte, dass ich sie nachmachte, war es weder mir selbst noch ihnen peinlich.

In einem Moment seltener Verlangsamung von Zeit und Gedanken bemerkte ich plötzlich die Bücher. Marcel Reich-Ranicki fragte mich, ob ich leben könnte von dem, was ich tue, und ich sagte Ja und guckte erstaunt über seine Schulter zum Regal, wo sie in acht, neun langen, überfüllten Reihen standen. Er allein hatte diese Bücher in den letzten fünf Jahrzehnten geschrieben – seit er wieder in Deutschland war, seit er das machen konnte, wovon er im Zug nach Polen 1938 geträumt hatte, wenn er nicht gerade Balzacs *Frau von dreißig Jahren* las, das einzige Buch, das er außer ein paar Kleidern und seinen wertlosen Judenpapieren mitnehmen durfte. Seine letzte Arbeit, die Kassetten mit den besten deutschen Romanen, Essays und Theaterstücken, wie er meinte, lagen quer in den Regalen, und auf jeder Kassette war ein Foto von ihm.

Der Reich-Ranicki, der neben mir schräg wie ein Untergehender in seinem schwarzen Ledersessel saß, sagte: »Und Sie haben nie eine Institution zum Überleben gebraucht?«

Und ich sagte zu dem Reich-Ranicki auf den Fotos: »Nein – zum Glück. Ich finde das auch jedes Mal, wenn ich daran denke, überraschend.«

»Man muss doch jemanden haben, der einen beschützt.«

»Ja, vielleicht.«

Hinterher redeten wir über Gabriel Laub, den er kannte, aber für einen unbedeutenden Autor hielt. Wir redeten über Truman Capotes schwachen ersten Roman, über Ernst Nolte – »ein völlig indiskutabler Mensch« –, wegen dem er mit Joachim Fest Schluss gemacht hatte, aber ich dachte immer nur an die Bücher in den Regalen hinter ihm. Sie waren die Antwort, die ich von ihm brauchte, jetzt wurde es mir klar. Er, noch gottloser als mein Vater, der zumindest einmal im Jahr in die Synagoge geht, um die Lieder zu hören, die bei ihm zu Hause in Moskau im *stibl* heimlich gesungen wurden, er, dem Israel nicht näher war als New York oder Warschau, er, der nicht auf einem jüdischen Friedhof liegen wollte – er war der jüdischste Jude, den ich je treffen würde. Er hatte nur Worte, harte, schmetterlingszarte, spinozahaft klare Worte, mehr nicht, und keine Treppe zum Himmel, kein offenes Israelticket bei El Al. So schrieb er sich – Jude ist Jude – um sein Leben ins Leben hinein, nicht umgekehrt, und auch mir bliebe bis zum Schluss nichts anderes übrig. *Judesein* – das seltsame Wort rutschte wieder zurück in meinen Kopf wie ein in Eile handgeschriebener Zettel, den ein wohlmeinender Freund unter der Haustür durchschiebt –, *Judesein* war Schriftstellersein, man musste es aber wollen.

»Ich habe in den sechziger Jahren Hunderte Kritiken für die Zeit geschrieben«, sagte er so plötzlich, wie man noch schnell einen Satz in Klammern setzt, und seine Frau guckte zerstreut in sich hinein, weil sie die Geschichte bestimmt schon tausendmal gehört und einmal miterlebt hatte. »Aber ich durfte nie – nie! – zu einer Konferenz. Und als sie einen Kulturchef suchten, lehnten sie mich ab, Verdacht auf Rabulistik. So steht es in einem Zeit-Jubiläumsbuch von 1998.«

»Ich kenne die Stelle.«

»Ja. Sehen Sie.«

»Was?«

»Es liegt immer bei denen.«

»Aber was lernen wir daraus?«

»Nichts, gar nichts, mein Lieber. Nichts, was der Rede wert wäre auf diesem idiotischen Planeten. Überhaupt nichts.«

Und jetzt war er es, der wegtauchte – aber seine Frau tauchte gleichzeitig wieder auf, sie steckte sich unsicher eine Zigarette an und sagte in meine Richtung: »Kommen Sie bald wieder. Wir haben kaum jüdische Freunde. Wir freuen uns über Ihren Besuch.«

60

Hinten in Donnys altem Frankfurter Zimmer stand früher das gleiche billige Klavier aus hellem Eichenholz wie bei meinen Eltern. Es steht immer noch dort. Ich weiß es, weil ich gleich nach dem Tee bei Reich-Ranicki und seiner Frau in die Eschersheimer Landstraße fuhr und nachgesehen habe. Es war Freitagabend, und es war fast alles wie immer, nur dass Herr Gold fehlte. Sonst waren alle da, Harry, Hilmi, Ruben, Frau Gold, der böse, aufdringliche Rabbiner an der Wand. Anna, das achtzigjährige Dienstmädchen, war auch da, und sie schwitzte und sagte mit einem lüsternen Blick zu mir: »Mei, bist ja ein richtiger Mann geworden!«

Donny und ich setzten uns vor dem Essen kurz nebeneinander auf sein schmales Kinderbett. Er legte seine Hand auf meine Hand, so wie sein Vater es früher bei ihm gemacht hatte, und wir grinsten verliebt. Ich erzählte ihm, wie es bei Reich-Ranicki war, er stierte ein bisschen, und ich sagte, stier nicht, und er sagte, gib nicht so an, und dann fragte ich ihn, warum er das Klavier nicht nach Israel mitgenommen habe. »Und was ist mit dir, Mäuschen?«, sagte er. »Wo ist dein Klavier? In Berlin? Oder immer noch in deinem Zimmer in Hamburg?«

Donny ist vor fünfzehn Jahren umgezogen. Er lebt in Herzlia, nicht direkt am Meer, aber nah genug, um drei-, viermal in der Woche auf dem Weg zur Arbeit an den Strand zu gehen und in dem schweren, nassen Sand drei Kilometer nach Norden und wieder zurück zu laufen.

Auch sonst ist er in Israel sehr zufrieden. An seinem »extremautobiografischen Roman«, wie er das nennt, schreibt er immer noch, natürlich auf Deutsch, was soll man machen, und wenn er den Computer einschaltet, schaut er zuerst bei Spiegel Online nach, ob sich die Erde weiter linksherum dreht und nicht von oben nach unten. Nach Frankfurt kommt er jeden zweiten, dritten Monat, meistens wegen seiner gerade etwas zu schnell verwelkenden Mutter, und wenn ich ihn in seinem Büro in Tel Aviv anrufen will, wähle ich eine Frankfurter Nummer, das reicht, und ich werde nach Israel umgeleitet. Tage, an denen wir nicht telefonieren, sind wie Kostümfilme ohne Kostüme. Oder so ähnlich.

Nach dem Essen – Donny hatte ernst und abwesend wie der Familienvater, der er inzwischen ist, die Bracha gesagt – setzten sich alle in den vorderen Teil des Esszimmers auf die beiden Sofas und machten den riesigen, braunen Fernsehschrank auf. Es gab trockenen Kuchen mit Pflaumen und Tee, und während die anderen ständig A, B, C oder D riefen, weil *Wer wird Millionär?* kam, rutschte ich durch eine schwarze, kalte Falltür ins Jahr 2000 zurück. Ausgerechnet am ersten Abend der Schiwe für Donnys Vater sollte im *Literarischen Quartett* mein erster Roman diskutiert werden. Darum schalteten wir, ohne uns vor dem toten Herrn Gold zu schämen, in der Eschersheimer Landstraße den Fernseher an, und als Marcel Reich-Ranicki sagte, ich sei intelligent, habe aber ein schlechtes Buch geschrieben, stiegen Donny zum zehnten Mal an diesem schrecklichen Tag die Tränen in die Augen. Eine Geschichte ohne Bedeutung, aber auch sie ist passiert. Das Leben besteht nur aus solchen Geschichten, und wenn man eines Tages für uns Schiwe sitzen wird, werden wir nicht mehr da sein, um einzusehen, dass der Blick zurück aus fast jedem zufälligen Schutthaufen einen hohen, dicht bewachsenen, grünen Hügel macht.

61

Ich habe nicht alles erzählt. Ich habe nicht erzählt, wie ich die Auschwitz-und-Tami-Reportage im Büro von Ignatz Bubis auf dessen schwerer IBM tippen musste, weil Tamis Eltern mir ihre IBM – aus Wut auf mich, den angeblichen Kommunisten und Kinderverführer – nicht leihen wollten, und wie Bubis ein paar Jahre später auch auf mich sauer war, weil er auf die richtige, aber falsche Idee verfiel, ich hätte ihm und seinem kalten Davongekommenenherz in einer meiner Frankfurter Hochhausgeschichten einen Auftritt verschafft. Ich habe nicht erzählt, wie ich den schweigsamen Mordecai Richler aus der St. Urbain Street in Montreal auf einer Reise durch Deutschland begleitete, und er, das einzige Idol, das ich je hatte, trank schon mittags Glenfiddich, weshalb ich tausendmal dachte, verdammt, er macht es nicht lange, aber er schrieb nach unserer Winterreise seinen besten Roman, und danach starb er sofort. Ich habe nicht erzählt, wie ich fast als Kolumnist bei der Zeit rausgeflogen wäre, weil ich dachte und schrieb, die Deutschen bräuchten die Erinnerung an den Holocaust wie wir Juden. Ich habe nicht erzählt, wie Efim nach dem Tod seiner österreichischen Frau anfing, wieder mit uns zu reden und wie mein Vater zu ihm, dem Todkranken, alle paar Wochen nach Wien fuhr, und einmal brachte er mir von Efim zwei alte Leicas mit, aber ich sagte, die will ich nicht, und jetzt war ich endlich einmal so hart wie Efim. Ich habe nicht erzählt, wie ich mit meinem Vater in der Ukraine war, oben in der ruthenischen Dunkelheit, in Kobelecka Poljana, in diesem stillen, leeren Einstraßendorf, aus dem Klara und die glatzköpfige Božka es mit einem kleinen Umweg über Birkenau, Block 16, bis nach Holon und Queens geschafft hatten. Ich habe nicht erzählt, wie ich den abgefahrenen Herrn Broder nach seiner Rückkehr aus Israel nach Deutschland in seiner neuen Berliner Wohnung in einem Bezirk namens Schmargendorf interviewte und dabei dachte, der Schnee, der seit Tagen fiel, solle uns beide zusammen für immer in diesem steingrauen Gründerzeithaus begraben. Ich habe nicht erzählt, wie sehr mir das Licht im Schumann's nachmittags um halb sechs fehlt.

Das und den Rest werde ich meiner Tochter erzählen, wenn sie zwanzig ist. Oder nein, viel früher – damit sie die Gelegenheit hat, in Ruhe zu überlegen, ob sie später alles genauso machen will wie ich.